Sauna

Agostino Silvestro

a tutti coloro che lo leggeranno...

GRAZIE

"il tuo corpo... cibo per la mia affamata perversione"

Agostino Silvestro

Sauna

Camminando a piedi nudi e con le dita ben strette a reggere quel misero asciugamano di spugna che le copriva il corpo, la bionda figura raggiungeva la sauna con un passo lento e cadenzato.

Con fare tranquillo gironzolava per i corridoi di quel lussuoso hotel a cinque stelle, per sua immensa gioia fornito di bagni terapeutici;

nulla la intimoriva a quell'ora della notte sicura che non potesse trovare nessun'altro aggirarsi nei dintorni data l'ora inusuale per concedersi il rilassante tepore della sauna.

A palmo aperto spinse la porta trovandosi immersa nel calore che la sauna regalava, era stata una giornata pesante e quel doloretto al collo le ricordava il reale motivo del suo pernottamento in quell'Hotel, con un sorriso disteso avanzò verso quella nuvola di vapore sistemandosi su una delle panche in legno di noce che ne facevano d'arredamento.

Si sedette lasciando vagare un sospiro scappato dalla labbra carnose e seducenti, con le dita andò a scostarsi quel ciuffo ribelle sfuggito dalla morsa della crocchia e sospirando nuovamente, dovuto al miracoloso effetto che i vapori le stavano diffondendo nel corpo, accasciò il capo indietro con le iridi castane a fissarne il soffitto in travi di legno.

Fare l'avvocato fiscalista non era di certo una passeggiata, questo Mia lo sapeva bene, se poi si associava alle estenuanti e sofferte trasferte che doveva subire a causa di clienti ricchi e capricciosi, ciò rendeva le sue giornate sempre più stanche e stressate, ma come dar torto a loro?

Conosceva bene quel mondo sfarzoso di ricchezza e frivolezze, un tempo anche ella ne faceva parte, la "Principessina White" era soprannominata al liceo grazie a quell'altezzosità e arroganza che la caratterizzava.

Ma quei ricordi liceali da ragazza casa, studio e chiesa e reginetta del ballo scolastico erano solo fonte di vergogna oggi, ormai ventottenne e con una carriera di tutto rispetto non le importava più sfoggiare il lusso con cui era cresciuta, la "Principessina White" era morta da anni ormai, forse precisamente da quel giorno, quello in cui quell'incidente in auto portò via mamma e papà.

Chiuse gli occhi accoccolandosi meglio al bordo della panca, doveva ammettere però che almeno in questo caso non le era andata poi così male, quel ricco imprenditore le aveva offerto una stanza di tutto rispetto in uno dei più prestigiosi hotel per un lavoro che avrebbe potuto svolgere anche in ufficio.

Si trattava solo di controllare un mucchio di scartoffie ma quel tizio, un certo Argo, fondatore della Silves corporation, aveva espressamente chiesto che il lavoro fosse svolto in un luogo sicuro, da lui imposto, onde evitare fughe d'importanti notizie.

Inclinò il collo di lato arricciando le labbra

- Silves sarai pure un super figo gentile ma resti comunque un cafone -

mormorò a voce bassa con la pelle ormai imperlata da tantissime micro perle di sudore.

Non sapeva molto di lui, tanto meno l'aspetto, il signor Argo Silves si era guardato bene dal farsi vedere, Mia non lo aveva mai incontrato di persona in nessuna occasione durante quei tre giorni di lavoro, nonostante fosse stato proprio Argo stesso a insistere che l'incarico fosse affidato esclusivamente a lei.

Ricordava ancora quel giorno, quando Mister White si era introdotto con foga nel suo ufficio, tra l'altro durante la sua meritata pausa pranzo, ordinandole concitatamente di mollare qualsiasi lavoro stesse facendo pur di assecondare quel ricco facoltoso.

Ancora perplessa nel domandarsi per quale motivo il presidente della Silves co. avesse insistito proprio su di lei per l'incarico, era stata la sua migliore amica a distoglierla dai mille pensieri

- Caspita Silves Argo! -

aveva esclamato Sarah con la bocca piena di spaghetti di soia per metà ancora cadenti nella confezione.

- La sua fondazione fa una smisurata beneficienza, pensa che i giornali l'hanno soprannominato "Il benefattore" -

aveva continuato poi con tanto di gesto scenico fatto con la mano.

Ma Mia aveva scrollato le spalle difronte a tanta meraviglia

- Sarà il solito vecchio pomposo che dopo una vita ingorda ora tenta di redimersi -

aveva soffiato quasi con sdegno prima che quegli occhi miele illuminati di malizia di Sarah l'avessero trafitta

- Non leggi mai "Vanity Fair" -

l'aveva rimbeccata poi, allungandosi verso di lei pronta a una pausa pranzo ricca di pettegolezzi.

In quei pochi minuti di chiacchiere Mia aveva assorbito abbastanza informazioni su quel suo nuovo datore di lavoro:

Silves Argo era facoltoso, generoso ma sorprendentemente giovane, appena ventottenne era a capo di una delle più potenti multinazionali, una carriera strabiliante la sua, date le condizione economiche non lussuose in cui era cresciuto, un ragazzo che si era fatto da solo insomma.

Sarah le aveva accennato anche quel suo aspetto non indifferente al sesso femminile, ma contrariamente a come Mia aveva pensato a primo acchito, non era una fama da seduttore che Argo poteva vantare

- Anzi sembra quasi che le donne non gli interessino -

aveva detto Sarah con un accenno di delusione.

- Insomma un tipo misterioso questo Argo -

aveva infine soffiato Mia sempre più incuriosita da quell'insolito riccone di buon cuore

- O forse semplicemente gay -

aveva replicato Sarah facendo finire quelle chiacchiere in una goffa risata complice.

Per giorni Mia aveva fantasticato sul suo aspetto, spinta da un innata curiosità aveva cercato Argo su Google, ma a parte lunghe e lusinghiere descrizioni sulla sua carriera, il motore di ricerca non aveva rilevato nessun tipo di immagine raffigurante l'uomo, a quanto pare il "benefattore" era allergico ai riflettori.

La sua curiosità non era stata soddisfatta nemmeno durante quei tre giorni di lavoro, da quando aveva iniziato l'incarico Silves Argo si era fatto vivo con lei solo tramite collaboratori e va bene era un uomo impegnato ma avrebbe potuto presentarsi almeno una volta.

Era stato scortese non presentarsi non che a Mia interessasse realmente conoscerlo, no?

- Be' chi se ne frega -

mormorò immersa nel piacere che i vapori le trasmettevano, il suo lavoro era giunto quasi al termine, l'indomani Mia avrebbe lasciato L'hotel e sconfidava del fatto che Argo l'avrebbe incontrata ma non se ne crucciò più di tanto, con una smorfia infastidita scacciò via il pensiero "Silves Argo" concentrandosi solo sul benessere che stava percependo.

Le pareva di rinascere in quella sauna, si trovava in penombra, cullata dal dolce vapore caldo e dal silenzio assoluto, poteva quasi addormentarsi se non fosse stato per quella voce che d'un tratto le arrivò alle orecchie facendola sobbalzare e aprire di scatto gli occhi.

- Non disturbo vero? -

le domandò una voce a qualche metro da lei, non le parve un timbro sconosciuto in un primo momento ma al contempo non poteva che esserle estraneo quel tono di voce caldo data la figura a cui apparteneva.

Deglutì Mia, battendo un paio di volte le palpebre mentre il cuore le pompò furiosamente nel petto di fronte a quello che le sembrava il ragazzo più bello che avesse mai visto:

un fisico atletico dai pettorali ben pronunciati e dal ventre piatto con gli spigoli del bacino che sensualmente fuori uscivano da quel maledetto asciugamano arrotolato in vita.

Gli occhi verdi, taglienti, così brillanti da illuminargli quel bellissimo volto olivastro incorniciato da una zazzera rossa fuoco, sconvolta e ribelle che lo rendeva tremendamente sexy.

Mia conficcò le dita al bordo panchina sentendosi il volto in fiamme quando un sorriso disarmante, bianco e perfetto, gli spuntò in volto.

Lo seguì a fatica con lo sguardo, in modo sinuoso quella bellissima visione si era spostata dall'entrata per raggiungere la panca di fronte a quella di Mia, afflosciandosi poi, col capo buttato indietro e la braccia distese sul bordo della seduta.

Si sentì trafitta arieggiandosi il viso con una mano per placare l'incendio sulle guance, probabilmente doveva assomigliare a un peperone in quel momento.

Si ritrovò a ringraziare la penombra che forse in qualche modo le nascondeva quel rossore quando il ragazzo sollevò il viso squadrandola con esplicito interesse, era forse un ghigno di malizia quello che gli apparve sul volto nel metterla a fuoco?

Era troppo confusa per capirlo.

Sollevò il busto, il minimo indispensabile ben attenta a non scoprirsi, stringendo tenacemente l'asciugamano, terrorizzata dall'idea di rimanere senza uno scudo.

Quegli occhi non si staccavano da lei e prendendo lunghe boccate di ossigeno Mia

non si spiegava il motivo del perché non la
intimorissero.

Nonostante l'assurda bellezza di quel
ragazzo, in fondo era uno sconosciuto, da
solo con lei in una sauna nel cuore della
notte, poteva essere anche un maniaco da
quel che ne sapeva, ma quegli occhi...
Mia si morse un labbro scuotendo appena la
testa, in quegli occhi c'era qualcosa che
sapeva di familiare, come se l'avesse già
incrociati, ma ne era certa, se mai in passato
avesse incontrato una tale meraviglia di
certo non l'avrebbe mai scordato.

- Piacere o per lavoro? -

si sentì dire sollevando il viso per farsi
scrutare meglio

- Lavoro -

rispose asciutta, di solito era molto più
loquace di quello, ma improvvisamente quel
volto senza nome aveva abbassato ogni sua
difesa, si sentiva esposta da quella
sicurezza, da quell'espressione sfrontata e
quel ghigno ancora presente che le fecero
abbassare il capo fissandosi le dita dei piedi.

Con le ginocchia portate al petto, Mia si chiedeva il motivo di quella sua reazione così timida, nemmeno da adolescente lo era stata, non aveva mai avuto problemi a rapportarsi con l'altro sesso, sicura di sé non si era mai fatta problemi a compiere il primo passo con la persona che le interessava.
Era conscia del suo bell'aspetto e soprattutto di quel fascino involontario che trasmetteva agli uomini: quei suoi lunghi capelli biondi, gli occhi grandi screziati al cioccolato e un fisico snello ma dalle misure generose che la rendevano femmina e provocante anche in gesti innocenti

- Maledettamente bella -

udì non potendo fare a meno di ridare attenzione al ragazzo disegnandosi sul viso un espressione curiosa

- Non trova? quest'atmosfera dico... -

continuò lui assottigliando lo sguardo verso di lei.

Mia si umettò le labbra secche stanca di fare il fantoccio, ignorando le palpitazioni nell'essere osservata in quel modo

 - Già, scioglie i muscoli... i pensieri -

replicò scostandosi una ciocca dietro l'orecchio.

- Mi sembra molto a suo agio, una signorina da sola a quest'ora della notte in una sauna... non le sembra che non stia bene? Potrebbe avvicinarsi un male intenzionato -

- So badare a me stessa -

rispose asciutta, strappandogli un ghigno.

- Certamente non ne avevo dubbi, sembra molto sicura di se -

concluse chiudendo gli occhi.

- E lei? -

domandò Mia, privata dei suoi occhi volle fare qualcosa per goderne ancora la vista

- Per piacere o lavoro? -

domandò con voce roca, sentiva la pelle infuocata e i capelli umidi a causa del vapore anche la gola incominciava a risentirne ma niente le avrebbe fatto lasciare quel posto.

- Piacere -
fu la risposta di lui, lo disse a labbra distese mangiandosela con gli occhi e Mia percepì un brivido lungo la schiena capace di farle inturgidire i capezzoli di fronte quell'espressione sicura e maliziosa.

L'osservò ancora ammaliata, il torace lucido di sudore, i capelli divenuti di un rosa più scuro a causa dell'umidità e quegli occhi, maledetti smeraldi... perché non riusciva a non decifrare cosa si nascondesse dietro quelle iridi? Malizia, malinconia, occhi già vissuti... ma quando? Solo in un sogno ci si sarebbe potuta specchiare.

- E il soggiorno è di suo gradimento? -

le domandò distraendola dalle sue elucubrazioni, facendola annuire

- Be' se ti viene pagata una suite in uno dei più lussuosi hotel della capitale, deve esserlo per forza! -

ironizzò spostandosi di lato per una posizione più comoda, posando un braccio sulle ginocchia ancora rannicchiate.

- Almeno che non la distragga troppo dal lavoro o sarebbe una pecca per le sue doti professionali in quanto avvocato, non è vero signorina White? -

Il silenzio piombò tra di loro e Mia voltandosi a rallentatore non poté che schiudere le labbra in segno di stupore ed occhi sgranati

- Aspetti un attimo... -

riuscì ad esalare con un filo di voce mentre il cuore le batteva forte e la schiacciante consapevolezza di aver appena flirtato con il suo attuale datore di lavoro si abbatteva su di lei.

- Silves Argo della Silves corporation? -

domandò perplessa.

- In persona -

Per un momento le parve di soffocare e la stanza farsi più piccola, uno strano silenzio si era ripresentato e Mia, lanciandogli di sfuggita occhiate rapide e imbarazzate, non poteva credere di aver di fronte il famigerato Silves Argo che per giorni si era sottratto alla sua conoscenza.

Forse era troppo confusa per chiedersi come lui conoscesse il suo aspetto ma era un imprenditore che gestiva tra le mani affari e milioni e certamente aveva fatto qualche ricerca su di lei prima di affidarle in mano pratiche importanti, si probabilmente era per quello.

Almeno ora poteva spiegarsi il perché per tutto il tempo lui le avesse diffuso un senso di conoscenza, magari aveva visto qualche sua rara foto in passato di sfuggita su un giornale e non conoscendolo prima non ne aveva associato il volto al nome.

Ma tornò a guardarlo e qualcosa le continuava a sfuggire

- E' così che fa di solito? spunta all'improvviso? -

domandò acida, ma Argo si sporse verso di lei per nulla seccato dal tono di voce di Mia.

- No -

scrollò le spalle

- Ma era divertente, la gente cambia personalità quando conosce il mio nome e poi dipende sempre dall'occasione che mi si para davanti -

le rispose sfoggiando un ghigno soddisfatto.

- Arrogante -

pensò Mia con le dita che si contraevano in spasmi nervosi, Sarah le aveva detto che fosse bello ma non così tanto e trovarselo in una sauna mezzo nudo di certo non aiutava la sua sanità mentale.

- E che occasione le si pone davanti ? -

domandò poi lei colta d'astuzia accavallando le gambe in modo sensuale, anche a lei piaceva giocare.

- Non credi sia stupido darci ancora del lei? -

trasalì lui sollevandosi in piedi avanzando verso la tinozza dell'acqua per versarne una buona dose sulle braci, un getto di vapore si emanò nell'istante in cui l'acqua toccò le pietre arroventate aumentando il livello di calore all'interno della sauna.

- Non mi hai risposto -

insistette la bionda in un sorriso malizioso, trattenne il respiro quando Argo la sovrastò con la sua figura chinando il busto per avvicinare il viso al suo, riuscendo a mantenere comunque il contegno necessario a reggere il gioco.

- Un occasione persa -

le soffiò sulle labbra stringendo le dita al bordo della panca dove Mia vi era seduta, immobile era rimasta a guardarlo con un certo cipiglio.

- Persa, di cosa parli? -

domandò con tono sterile incominciando a temere quegli occhi cupi velati di intenzioni sinistre.

- Parlo di belle aspettative e di un incontro davanti al tuo armadietto, del mio cuore che batteva forte perché finalmente quella stella che amavo da cinque anni si era accorta del mio amore -

blaterò Argo con voce ridente quanto disperata creando in Mia uno spasmo al ventre che glielo fece contorcere, il timore incominciava a impadronirsi del suo sistema nervoso.

- Ma poi tu hai fatto una bella risata ma non era dolce no.. era cattiva, eri cattiva... e le risate si sono mescolate con quelli degli altri... sempre più forti -

continuò scrollando il capo impendendole di sgattaiolare via, premendo i palmi contro la parete bloccandola tra essa e il suo corpo.

- Ma di che diavolo parli ?! Tu sei pazzo! -

Disse Mia intrappolata in quella morsa, agitandosi gli afferrò un braccio tendando invano di spostarlo.

- Non ti ricordi vero, principessina White? -

E Mia si bloccò sul posto, come pietrificata si specchiò in quegli occhi che vuoti sembrano fissarla come se stessero osservando un altra persona e non più lei.

Principessina White aveva detto, perché?

Come diavolo faceva lui a sapere quel suo frammento di passato? Le si mozzò il fiato in gola e il caldo incominciò a sembrarle insopportabile, come una morsa al collo intenta a soffocarla.

- Chi sei tu? -

domandò con un filo di voce, la mano ancora salda sul suo braccio e il cervello a corto di risposte sensate.

Lui ghignò, si leccò le labbra accostando poi la bocca al suo orecchio

- Non ti ricorda nulla Pigi? -

Il cuore di Mia perse un battito e poi forse altri cento, perché si, ricordava benissimo quell'orrendo nomignolo che proprio lei aveva affibbiato a un ragazzo del suo liceo.

- No... non può essere... tu non puoi essere lui -

spiegò scostando lentamente la mano per portarsela al petto e stringere convulsamente una porzione di spugna.

I ricordi, come schegge di vetro tornarono a conficcarsi nell'anima di Mia, quel senso di colpa tornò a squarciarle il cuore, per anni aveva tentato di tenerlo sopito, nascosto come il più grave dei segreti ma ora quel senso di colpa ce l'aveva davanti e ancora non se ne capacitava.

Era successo 13 anni fa quando la sua vita le sembrava perfetta, quando a scuola si sentiva la regina e quindi pretenziosa di fare ciò che voleva, anche se quello scherzo fatto ai danni di quel ragazzo goffo e "strano" era stato suggerito da qualcun' altro.

Ma principessina White forse era troppo sciocca e orgogliosa per rifiutare quella proposta, quello stupido scherzo suggerito da Antoine, il suo belloccio fidanzato nonché il figo del liceo.

- Quel coglione fa gli occhi a cuore quando ti guarda... dai divertiamoci un po' -

aveva ghignato un giorno suscitando già le risate nella cerchia di amici.

E lei non si era tirata indietro, aveva chiesto a quel ragazzo di cui non ricordava nemmeno il nome, Pigi veniva chiamato da tutti a causa sua quando cattiva e vogliosa di celebrità lo aveva soprannominato in quel modo già al primo anno di liceo, di incontrarsi di fronte al suo armadietto senza tralasciare fasulle rosee aspettative.

Doveva solo essere uno stupido scherzo, una finta dichiarazione e un quasi bacio rubato.

Ricordava tutto, lei che si scottava in tempo ridendogli in faccia e Antoine e gli altri che saltavano fuori dal nulla in risate e applausi di scherno.

Era solo uno stupido scherzo...

ma quegli occhi, Argo sembrava quasi ignorare il resto del gruppo, guardava solo lei in un misto di sofferenza e dolore.

- Io ti amavo davvero -

le aveva poi soffiato con voce spezzata, voltandole le spalle e quell'accenno di lacrime in quegli occhi verdi Mia le aveva viste benissimo, ma le aveva ignorate dopo un leve titubare, stupidamente non si aspettava una reazione così affranta e nemmeno quella dichiarazione, l'unica cosa che li accumunava era il corso di scienze al giovedì e per cinque anni Mia aveva bellamente ignorato Argo non concedendogli nemmeno l'ombra di una chiacchierata.

Lei era una stella, la più splendente della scuola e mai avrebbe degnato di attenzioni quel ragazzo così ingenuo e ingombrante che ogni volta tentava un petulante approccio con lei.

Le braccia di Antoine poi, ad avvolgerla in un abbraccio trionfante mentre risate e ed ovazioni le riempivano le orecchie, la distolsero completamente da Pigi e dal suo cuore spezzato.

- Strano che tu non ricorda eppure mi eri sembrata abbastanza divertita -

la voce di Argo la riportò bruscamente al presente, sollevando gli occhi verso di lui notò che si era scostato e con le mani serrate sui fianchi la guardava quasi con sdegno.

Deglutì Mia, il cuore aggravato dal peso della vergogna e lo sguardo ancora perplesso, quell'adone di nervi e muscoli non poteva essere Pigi, ancora ne era incredula.

- Sono cambiato un tantino, non trovi? -

continuò lui schioccando la lingua in fare provocatorio mentre passava un palmo aperto sui pettorali lucidi di sudore creandole un fremito lungo la spina dorsale, quella fitta al basso ventre poi tentò di placarla stringendo le cosce, cazzo riusciva ad eccitarla anche in quel momento.

Qualcosa scattò nella sua testa, chiuse gli occhi Mia mentre un sorriso le si dipinse sul viso

- L'hai fatto apposta vero? invitarmi qui... sbattermi in faccia ciò che sei diventato -

mormorò sogghignando, sollevò il mento verso di lui con quell'espressione conscia di aver capito quel piano diabolico da lui architettato.

- Se credi che possa disperarmi per aver perso tutto questo ti sbagli di grosso, non sono più principessina White! -

esclamò quasi con rabbia sventolando una mano verso di lui, nonostante la sicurezza sussultò quando Argo si chinò bruscamente verso di lei cosi repentinamente da farla indietreggiare fino a battere la schiena contro la parete.

- Ti sbagli -

ghignò lui così vicino al suo viso che Mia potete sentire il suo fiato caldo infrangersi sulla pelle

- Se ti ho fatta venire qui è proprio per farti vivere ciò che ti sei persa -

continuò con tono serio e roco, da pelle d'oca insomma.

- Sono cambiate tante cose in tredici anni -

Mia scosse il capo, la voce che tremava, il cuore che batteva troppo forte, tanto da picchiare contro la cassa toracica

- Non hai idea di cosa sia successo, la mia vita è cambiata radicalmente... ero solo una stupida stronza al liceo -

Incurvò le labbra al ricordo di quegli anni passati a soffrire, proprio in quell'ultimo anno la perdita dei suoi genitori, il consecutivo crollo finanziario che la portò a vivere una vita economicamente precaria e la consapevolezza che l "amore" e gli "amici" che credeva tali non lo erano.

- Già... una stupida stronza -

ripeté Argo per nulla impietosito dall'espressione mesta di Mia

- E tu non hai idea che cosa ho passato io -

ringhiò con voce arrabbiata

- Ho dovuto cambiare scuola dopo quello che mi hai fatto, quei cinque anni di prese in giro e di quel nomignolo che il tuo caro ragazzo mi aveva affibbiato non furono nulla in confronto al dolore che tu mi hai inflitto -

Mia sgranò gli occhi, una miriade di sensazioni ad assalirle il cuore, sollievo per quel fraintendimento di Argo, vergogna per non essere coraggiosa e dirgli la verità su chi realmente avesse messo in giro quel stupido soprannome e poi ancora il senso di colpa a soffocarla.

Ricordava che solo dopo mesi si accorse della mancanza di quel ragazzo.

Era una giornata di marzo piovosa, Antoine l'aveva appena mollata davanti al suo armadietto e lei senza più amici e nemmeno una madre a cui affidarsi in un abbraccio, capì improvvisamente cosa Argo avesse dovuto provare.

Avrebbe voluto chiedergli scusa ma chiedendo in giro di Pigi, qualcuno le disse che si era trasferito.

- Argo io... -

mormorò mesta, ma un dito di lui posato sulle sue labbra le arrestarono qualsiasi scusa

- Credi davvero di cavartela con uno scusa? -

si morse il labbro inferiore nel dirlo e scostando le dita si spostò da lei continuando ad osservarla con un ghigno terrificante.

- Sei stata una specie di ossessione in questi dieci anni, pensi davvero che ti abbia trovata e condotta da me per farmi dare delle scuse? -

E Mia forse avrebbe dovuto rabbrividire di fronte a quegli occhi velati di pazzia e quella risata sadica, ma il verde dei suoi occhi era qualcosa di troppo bello e il sorriso poi...

no forse era lei quella pazza ma in Argo
vedeva ancora un riflesso di Pigi, di quel
ragazzo dolce e gentile che le sorrideva
sempre.

- Non sei cambiato per niente -

le sfuggì quasi in un sorriso facendolo
accigliare

- Si, avrai cambiato aspetto e conto in banca
ma non mi faresti mai del male -

continuò sicura.

- Ma io non voglio farti del male -

la voce roca di Argo tornò suadente, con le
dita lasciò che le accarezzasse i contorni fini
della mascella e poi le labbra

- Io voglio farti godere -

Un brivido percosse la spina dorsale da Mia,
le parole di Argo, con quel tono di voce
basso, seducente e caldo, le entrarono nelle
orecchie creandole un fremito al basso
ventre, sentiva la pelle fremere e chiudendo
gli occhi lasciò che il suono provocante della

voce di Argo le bisbigliasse proposte sporche e perverse ma terribilmente eccitanti.

Lasciò che le scivolassero addosso come se fossero cioccolata, calda e densa con una tale voglia di assaporarla che Mia inconsciamente si leccò le labbra quando Argo le racchiuse una guancia in un palmo pieno facendole inclinare piano il viso, continuando a sussurrare le più perverse delle aspettative.

- ...E poi ti stringerti forte Mia, mettertelo dentro fino a riempirti tutta, fino a farti gridare il mio nome... -

Sentì la sua mano sfiorarle un braccio, accarezzarle il collo, con i polpastrelli solleticarle lo zigomo.

Argo era lì a pochi centimetri con quelle parole così intense e quella voce che semplicemente le faceva perdere la testa.

Lo stomaco tornò a contrarsi al suono di quella voce irresistibile, quel timbro rovente che le riempiva l'anima di desiderio.

Schiuse le gambe a poco a poco, le sentiva sempre più molli e pesanti e la mano di Argo che malandrina appena ne sfiorava la pelle delle coscia. Le punta delle dita scivolavano leggere accompagnate dalla sua voce, maliziose s'insinuarono al di sotto dell'asciugamano fino ad intrufolarsi tra le sue gambe dove caldo e umidissimo il suo sesso già grondava di piacere.

- Sei già tutta bagnata, riuscirei a farti venire solo parlandoti... -

le soffiò quasi con disprezzo facendole aprire gli occhi.

Mia lo guardò, una smorfia ancora contratta dal piacere però la tradì un istante

- Non sono il tuo stupido giocattolo -

gli disse sicura e orgogliosa.

Dannatamente femmina, non gli avrebbe mai dato ragione nonostante si sentisse come argilla tra le sue mani.

Si tappò la bocca con una mano per non far scappare quel singulto quando le dita di

Argo si fecero audaci e andarono a stuzzicarle l'apertura fradicia, tastandole il clitoride, divaricandole le grani labbra con due dita mentre un terzo andava ad insinuarsi all'interno, scavandola piano

- Scommettiamo? Mi implorerai di scoparti a un certo punto... -

la sfidò in un ghigno.

La stava sfidando, la stava sottomettendo al suo volere e l'orgoglio di Mia urlava a gran voce, con intraprendenza gli posò una mano sul petto, le dita si bearono al contatto di quei pettorali scolpiti scivolando leggere fino al ventre

- Sono stata la tua ossessione, no? -

domandò roca sporgendosi sempre più verso le sua labbra, si compiacque nel vederlo stringere gli occhi e serrare la mascella come a trattenersi quando la mano malandrina andò a tastargli il cavallo gonfio

- Ma vedo che anche tu hai un gran voglia di fottermi -

continuò seducente e cazzo se lo era, Mia sapeva come fare morire un uomo tra le sue mani.

Gli strinse l'erezione tra le dita , quel grosso pezzo di carne premeva contro l'asciugamano rendendolo tirato proprio in quel punto e Mia riuscì a valutarne con soddisfazione l'ottima misura.

Era favoloso sentire le dita di Argo a scavarla piano, avvertiva fantastiche ondate di piacere percuoterle il corpo e, al contempo dargli piacere lei stessa, giocando con il suo membro ancora intrappolato dalla spugna bianca.

Ma sussultò e il piacere le venne privato quando Argo si ritirò da lei sfilando le dita bruscamente, bloccandole il polso con la mano ben stretta in modo da farla smettere -

- Non è tu che decidi! -

la rimbeccò severo intimorendola con quegli occhi torvi.

- Che cosa vuoi da me allora?! -

urlò lei frustrata, sollevandosi di scatto, avvicinandosi a lui con una voglia matta di prenderlo a schiaffi, perché la stava facendo ammattire, ma anche di baciarlo per lo stesso motivo.

Lui ritornò a sorridere, follemente lunatico gli passò un palmo aperto sul viso, dal mento fino all'attaccatura dei capelli incastrando le dita tra quei capelli dorati

- Te l' ho detto, voglio farti rendere conto dell'effetto che ti faccio, principessina White facciamo una scommessa... -

propose suadente, sorridendo comunque anche quando la vide riprendersi da quello stato di trans in cui era ricaduta, sgranando gli occhi cioccolata e sibilando un:

- Non chiamarmi così, quella parte di me è morta -

- Il primo che riesce a fare venire l'altro vince, niente penetrazioni, niente stimolazioni alle parti intime con le mani e...-

continuò perverso avvicinandosi allusivo alle sue labbra schiuse

- Niente baci in bocca -

sentenziò scostandosi di poco per osservarle
il viso rosso di eccitazione, era fottutamente
bella ma sarebbe riuscito a resistergli, la
odiava troppo.

La vide mordersi le labbra, scuotere appena
la testa in un flebile rifiuto, ma tentata,
rimuginare su quell'offerta scandalosa.

Non era più principessina White, non era più
una stupida ragazzina in cerca di attenzioni
ma era un amore vero quello che da
qualche tempo segretamente tanto
agognava, ma si ritrovò a fissarlo, una fitta
tra le cosce le fece contrarre i muscoli al solo
pensiero di poter fare ciò che voleva, ciò che
imponeva la scommessa almeno, con quel
corpo mozzafiato, così stordita dal suo
profumo virile da non chiedersi nemmeno
come Argo avesse fatto a diventare
bellissimo.

Gli posò le mani sulle spalle spingendolo a
tradimento indietro fino a farlo cadere
seduto sulla panca, felina lo sovrastò
sedendosi a cavalcioni sulle sue gambe

- Va bene, ma se vinco dimenticherai questa stupida storia una volta per tutte lasciandomi in pace! -

decretò seria auto-convincendosi che era ciò che voleva, ma già temeva che le sarebbero mancati quegli occhi verdi, dannazione!

Argo le serrò le mani sui fianchi guardandola famelico, mordendosi un labbro nel vederla sciogliersi i capelli, lunghe ciocche bionde e umidicce le caddero sul petto, alcuni ciuffi andarono ad insinuarsi nello scollo dell'asciugamano, altri a solleticare il torace di lui.

Mia sentiva l'eccitazione di Argo crescere tra le sue gambe, il membro turgido pulsava impaziente e a dividerlo dalla sua intimità scoperta vi era l'asciugamano che fasciava ancora il corpo di lui.

Con tocchi leggeri andò a sfiorargli i capelli, il profumo di Argo ad avvolgerla, così buono da respirarlo fino in fondo all'anima.

I suoi occhi la osservavano, se ne stava immobile mentre le mani di Mia scendevano sul viso fino a racchiuderle a coppa intrappolandoselo tra i palmi, si sporse verso di lui fino a raggiungere le labbra serrate.

- Abbiamo detto niente baci in bocca - le ricordò serio, sembrava esserci tensione nel tono di voce.

Ma Mia ignorandolo bellamente, gli posò le labbra sulle sue catturando tra i denti quello inferiore

- Infatti io ti sto dando un morso, hai specificato solo in bocca e non sopra -

soffiò civettuola quando si scostò, passandogli le mani sul petto a tracciarne arabeschi su quella pelle madida di sudore.

- Vedo che sei diventata perspicace, al liceo non capivi nemmeno la differenza tra algebra e aritmetica -

la schernì bastardo facendole digrignare i denti indispettita nel ricordarle di quanto la sua carriera scolastica liceale non fosse stata illuminante.

- Sta zitto -

soffiò posandogli piccoli baci sulla spalla, dalla clavicola al collo.

Gli leccava le labbra, gli teneva il viso tra le mani premendo i seni contro il suo torace, sussurrandogli parole dolci all'orecchio, ancheggiando sul suo bacino in un ritmo sempre più veloce e serrato.

Gli sfiorò la bocca con la sua e ripeteva il suo nome come un mantra, compiacendosi e ghignando soddisfatta nel sentirlo indurirsi fino al limite, nel sentirlo gemere di tanto in tanto e mormorare il suo nome con voce roca spezzando il silenzio che lo aveva avvolto.

Aumentò il ritmo facendo cozzare i loro sessi, simulando un rapporto vero e proprio.

Presto l'avrebbe fatto capitolare, nessuno riusciva a resisterle.

- Sei sempre stata così bella... -

lo sentì sussurrare dolcemente posandole due dita su una guancia, toccandola, come ad assicurarsi che non fosse un sogno.

Improvvisamente Argo aveva assunto un
espressione malinconica e Mia si fermò
attratta dai suoi occhi magnetici, dentro vi
era un abisso di emozioni contrastanti.

- È così lontana...-

continuò ancora - Ma ora sei qui, tra le mie
mani -

e sembrò quasi affermarlo a se stesso.

Brusco la bloccò in una morsa
circondandogli il corpo con le braccia
possenti, colpendola con rabbia
ripetutamente con il bacino, sbattendogli il
sesso turgido e duro tra le cosce.

E ancora a soffiarle nelle orecchie cosa
avrebbe voluto farle, parole come fantasie
erotiche, suggerimenti perversi, desideri al
sapore di malizia.

E Mia sentiva un fuoco sprigionarsi sotto la
pelle e nel ventre fino al cuore che batteva
sempre più forte, si morse le labbra pur di
non gemere reclinando il capo e lasciandogli

campo libero sul collo prontamente assaltato da denti e labbra.

Sentiva il sangue scorrere troppo veloce fino a farle pulsare le orecchie, sgranò gli occhi quando avverti lievi fremiti dal sesso sempre più dilatato, chiari segnali di un orgasmo imminente, di questo passo avrebbe vinto lui.

Spinta da una folle intraprendenza giocò l'unica carta che le rimaneva da giocare e senza più pensare, come se fino ad allora lo avesse fatto, portò due tra lo scollo dell'asciugamano, proprio lì dove l'ho aveva annodato.

In un istante la spugna scivolò morbida dal suo corpo posandosi al suolo in un fruscio ovattato di stoffa.

Completamente nuda se ne stette tra le sue braccia che ammaliato la guardava, le era parso addirittura di aver sentito un:

- Cazzo -

mormorato tra i denti, ma ancora non sembrava abbastanza per portarlo al totale appagamento dei sensi.

Si schiacciò contro di lui in modo da fargli avvertire i capezzoli inturgiditi direttamente contro la pelle, sempre più lucida di sudore, beando entrambi di quella sensazione liquida e bollente che permetteva una maggior frizione tra i loro petti nudi.

Ormai talmente bagnata da macchiargli l'asciugamano, si lasciò andare a un gemito più acuto nel sentire le sue mani chiudersi a coppa sulle natiche impastandole i glutei con impeto, facendole sentire meglio il suo sesso sempre più gonfio.

- Vorresti che te lo mettessi dentro vero? Che ti scopassi fino a farti dimenticare come ti chiami... -

le sussurrava Argo, spronato dai suoi lamenti, da quei gemiti smorzati e dalle sue mani che tuffate tra i capelli ne tiravano le ciocche con violenza.

E Mia non ci capì più niente, sentiva solo la voce di Argo e quel suo profumo a drogarle i sensi, voleva essere toccata ancora da lui ma sapeva che non l'avrebbe mai fatto.

Scostò una mano dai suoi capelli portandosela su un seno, torturandosi un capezzolo tra le dita, osservando Argo sgranare gli occhi e imprecare sotto voce.

- Cazzo non... non fare così... -

gli sfuggì creandole un fremito capace di scuoterla e sperare ancora nella vittoria.

La mano scivolò poi sul ventre fino al monte di venere sapientemente depilato e senza pudore incominciò a masturbarsi davanti a lui, per lui.

Un arma a doppio taglio quella che Argo sfruttò a suo vantaggio, perché bastardo le tappò gli occhi con un palmo.

- Si Mia, sono io a toccarti, a fotterti con le dita -

soffiava roco ed eccitato.

Imbarazzo, vergogna, sapendo e sentendo i suoi occhi puntati addosso, occhi che spiavano il suo piacere rubato, che indovinavano un sospiro, un gemito, un

sussulto, percependo il piacere che in quel momento Mia provava.
Si piacere, si cazzo, non poteva negarlo di come le piacesse sentirlo pronunciare quelle parole sporche, di come le piaceva mostrarsi a lui, lasciare che la vedesse nuda e sull'orlo dell'orgasmo.

Le piaceva seguirlo oltre il pudore, femmina fino in fondo, puttana ma per lui, solo per lui, andando oltre a ciò che credeva di poter fare, desiderando andare ancora più oltre.

- Dimmelo, implorami di possederti -

le diceva ancora.

Ma stava zitta Mia, nonostante lo volesse, lei stava zitta, piegata dall'orgoglio con cui era forgiata.

Odore di desiderio, di sesso, mentre la voglia le bagnava le dita, mentre premeva leggera il clitoride giocandoci piano attorno, ma poi all'improvviso sentì le labbra morbidi e sottili di Argo premere contro le sue e la lingua a cercare uno spiraglio dove potersi infilare.

Merda, la stava baciando e se ciò era fonte di una piccola vittoria per averlo fatto cedere su quel fronte, dall'altra accese in lei il fuoco della passione e senza nessuna protesta di una trasgressione al regolamento, lasciò che quella lingua malandrina le conquistasse la sua, iniziando una lotta di baci e saliva, assaporando il sapore del suo palato che di menta fresca sapeva.

E le dita impazzirono, incominciano a cercare, a volere, a chiedere il piacere.

Inarcò la schiena scostandosi da lui e con le labbra contratte a trattenere mugolii, gemiti e urla, Mia strinse le coscia intorno al busto di Argo irrigidendo i muscoli nel venire.

L'orgasmo l'aveva colta e Argo se ne era accorto, sollevandosi la spinse via da lui facendola afflosciare al pavimento.

Ancora scossa dai fremiti lo vide darle le spalle, infilarsi una mano tra le pieghe dell'asciugamano e pompare furiosamente la sua virilità.

Le labbra di Mia si incurvarono verso il basso, una strana sensazione l'aveva assalita, si era sentita usata da Argo solo per abbandonare il suo ego, per dargli una soddisfazione non fisica dato che ci stava pensando da solo, abbandonata poi su quel pavimento rovente ma che non bastava a scaldarle il cuore, sentiva il disagio e la vergogna divorarle i muscoli interni.

Chinò il capo quando lo senti ruggire di piacere, non guardando di come la sua espressione ghignante e vittoriosa si era tramutata in perplessa nel voltarsi e metterla a fuoco.

Con la mano ancora imbrattata di sperma, Argo se la passò su una coscia pulendosi grossolanamente, le dita dell'altra si allungarono tremanti verso di lei.

- Mia che... -

mormorò inquieto nel vederle il volto bagnato di lacrime, stava piangendo assalita dall'angoscia e dalla frustrazione.

Ma Argo ritrasse la mano senza toccarla

- Ti senti umiliata vero? -

le domandò con voce spezzata, qualcosa gli era scattato a molla nel suo cuore, ciò che voleva da Mia era solo implorazioni e pentimenti e non quello, ma non doveva dispiacergli e i ricordi di tredici anni prima aiutavano molto, quando quello ad essere umiliato era stato lui.

- Non volevo questo Mia... ma la vendetta mi ha acciecato rendendomi un mostro -

mormorò tra i singhiozzi di lei, con le mani si era coperta il volto soffocando tra i palmi il pianto.

Le coprì il corpo nudo con l'asciugamano voltandosi poi per uscire dalla sauna, dalla sua vita, si bloccò sulla soglia della porta quando la sentì singhiozzare il suo nome.

- Argo... scusa... scusa -

ripeteva

- Ti prego, dimentica quella storia e quella Mia che non esiste più, perdonami -

Ma Argo reclinò appena il capo

- Mi dispiace ma non ci riesco... -

soffiò gelido, lasciando la stanza in un
cigolio di cardini.

Incamminandosi verso il suo alloggio
scuotendo la testa e pensando che la
vendetta avrebbe dovuto avere un gusto
diverso, un sapore buono e non quell'acidità
che sentiva in bocca.

- Basta, basta, tu non esisti più, ho vinto io...
ho vinto -

mormorò in un istante di follia, scuotendo il
capo, auto-convincendosi di averla
dimenticata una volta per tutte...

A passi stanchi si dirigeva verso gli ascensori, nelle orecchie ancora il ciarlare sfibrante di vecchie glorie e musica da camera ad attutire il tutto.

Si passò una mano tra la zazzera rossa mentre con due dita andava ad allentarsi la cravatta scura cinta al collo...

era terribilmente stanco e quelle serate gala a cui era costretto a partecipare destabilizzavano il suo sistema nervoso.

Se fosse stato per lui non si sarebbe nemmeno presentato, odiava quelle cerimonie pompose e soprattutto i ricconi a cui partecipavano, ma essere Silves Argo comportava anche quello e sapeva bene di come quei gala servissero a incrementare le opere di beneficienza cui tanto si adoperava a fare.

Si sfilò del tutto la cravatta cacciandola nella tasca del completo elegante.

Soppresse uno sbadiglio con la mano, il sonno e la stanchezza incominciavano a prendere il sopravvento su di lui dato la faticosa giornata di lavoro protratta fino a tarda sera a cui si era sottoposto, quella serata di gala era stata solo lavoro aggiuntivo dato che l'aveva passata ad esporre i propri progetti benefici a ricchi facoltosi in cerca di pubblicità.

Arrestò il passo sospirando sonoramente, scuotendo il capo come a scacciare un pensiero fastidioso...
ma chi voleva prendere in giro?

La colpa di quella stanchezza era dovuta alla notte prima passata insonne.

L'aveva trascorsa ad osservare il soffitto bianco della sua suite, tra le lenzuola di seta pregiate e il profumo di lei rimasto appicciato addosso nonostante la doccia fatta appena rientrato.

Le immagini di Mia piangente e tremante di ore prima non avevano fatto altro che tormentarlo e il senso di colpa avvertito in quel momento lo aveva reso nervoso, lo faceva incazzare perché non avrebbe dovuto sentirsi in colpa ma soddisfatto.

Ricambiò il saluto accennandolo col capo a quell'addetto dell'hotel passato lì per caso e rivoltando lo sguardo verso gli ascensori ormai prossimi al suo campo visivo si bloccò sgranando gli occhi verdi.

- Mia...-

mormorò incredulo in un filo di voce talmente basso da percepirlo lui stesso a stento.

Era sicuro che se ne fosse andata in mattinata dato che di persona aveva chiesto informazioni alla reception riguardo la camera 33 da lui affittata, scoprendo che la cliente aveva lasciato tale stanza.

D'altronde il suo lavoro era finito e quali altri motivi avrebbe dovuto avere Mia per restare lì?

Probabilmente lo stava odiando a morte dopo quel piano architettato ai suoi danni.

Ma quella era Mia in carne e ossa ed era lì, avvolta da un soprabito scampanato dalle tonalità grigiastre con i capelli biondi che sciolti le cadevano sul petto, le mani congiunte tra loro a fissarsele con lo sguardo e la schiena posata sulla parete accanto a uno ascensore.

Sembrava una di quelle bamboline di porcellana tanto che era bella.

Argo si avvicinò a lei lentamente, la gola si era seccata e lei sollevò gli occhi nel percepire la sua presenza, mettendolo a fuoco si staccò dalla parete indugiando un passo in sua direzione.

Si trovarono uno di fronte all'altro, Mia sembrava determinata ad affrontare un certo argomento e Argo in quel momento non né aveva voglia, si limitò a chinare appena il capo passandosi le dita sulla nuca.

- Pensavo fossi andata via -

mormorò soltanto.

- Non potevo andarmene.... non senza farmi valere e quindi rifare la scommessa -

affermò con occhi dardeggianti.

Gli afferrò il polso tra le dita sottili quando lo vide roteare le iridi al cielo e digrignare i denti in disapprovazione

- No! Dobbiamo risolvere questa cosa che si è creata tra di noi! -

continuò capricciosa in un tono che non accettava repliche.

- Quale cosa? Abbiamo fatto una scommessa e ho vinto -

replicò stizzito osservandola in tralice, la sera prima l'aveva lasciata in lacrime e implorante e ora eccola di nuovo con quell'espressione sicura e strafottente, per un attimo aveva intravisto in lei il riflesso di quella liceale superba e cattiva e la rabbia gli era montata nel petto.

A volte dimenticava che la odiava.

- Hai barato! Mi hai baciata! -

lo accusò lei puntandogli un dito a un palmo dal naso e il suo volto sempre più vicino a quello di Argo, grazie a quei quindici centimetri di tacco riusciva a fronteggiarlo perfettamente e sarebbe bastato solo sporgersi di poco per permettere alle sue labbra di combaciare con quelle di lui.

- Mia ma che...-

sospirò Argo rendendosi conto della pateticità della situazione

- Ci siamo umiliati a vicenda, non credi che siamo pari? -

continuò in un lamento.

La vide sgranare gli occhi, schiudere le labbra ma richiuderle un istante dopo, a quanto pare era riuscita ad azzittirla una volta tanto.

- Ho avuto la mia soddisfazione, ora basta no? -

con le dita le accarezzò il polso della mano che teneva bloccato il suo, continuando ad osservarla intensamente.

Pochi istanti e la morsa venne meno, Mia aveva schiuso le dita per incastrarle con le sue, intrecciando le mano l'una con l'altra.

Deglutì incapace di fare qualsiasi cosa, quel mattino aveva fatto la valigia e stava quasi per tornarsene a casa sconfitta e avvilita, ma era bastato guardare il suo riflesso sul finestrino del taxi per rendersi conto di come Argo l'aveva ridotta in una sola notte di mezza passione.

Le occhiaie, il volto cereo e l'espressione mesta le ricordarono di quante rarissime volte un uomo gliela aveva procurate e di certo non poteva permetterg1ielo a Argo di cui non era nemmeno sentimentalmente coinvolta.

Con impeto era balzata fuori dal Taxi prima che questi partisse e, ignorato lo sguardo sbigottito del tassista, aveva arraffato la valigia tornandosene dritta all'Hotel con l'unico obbiettivo di farsi valere, per poi fermarsi in mezzo al marciapiede e ponderare che probabilmente una stanza in un alberghetto normale non avrebbe deflagrato le sue finanze non proprio sfarzose.

Aveva saputo di quel gala in mattinata, proprio prima di lasciare l'edificio e testarda era rimasta più di un ora ferma davanti a quegli ascensori aspettando Argo.

Avrebbe potuto affrontarlo direttamente durante quel ricevimento o farsi annunciare dalla reception, ma qualcosa l'aveva fatta desistere auto-convincendosi che l'effetto sorpresa sarebbe stata la miglior carta da giocare, tanto per rendergli il favore poi.

E nonostante tutta quella convinzione nel sottomettere Argo al suo volere con cui era partita, ora si ritrovava confusa, immersa nel verde dei suoi occhi.

Argo la guardava, la sua stretta era salda e calda.

- Quindi basta no?... -

mormorò ancora lui, racchiudendole una guancia in un palmo pieno irradiandole calore, facendola annuire e inclinare il capo per premere il viso contro la sua mano, regalandosi una coccola.

Il viso di Argo era sempre più vicino a quello di Mia, come le sue labbra che schiuse mormoravano confuse affermazioni su come fosse giusto non vedersi più e di chiudere definitivamente la questione tra di loro.

Gesti lenti quelli di Argo, gesti tenuti sotto controllo ma che malamente nascondevano ciò che provava in quel momento.

- Sei solo un fantasma del passato -

sussurrò un ultima volta prima di sfiorarle le labbra con le sue.

Ma nel presente Mia era lì, calda e morbida tra le sua braccia, viva come il suo respiro che sentiva sulla pelle e sulla bocca e in quel frangente di pochi secondi una miriade di pensieri gli attraversò la mente.

Un tremito leggero che non riusciva a controllare, non freddo, non certo paura, un misto di eccitazione, di attesa, di non sapere e desiderare.

Ma sgranò gli occhi al ricordo di quello scherzo cattivo, accaduto ormai tanto tempo fa ma ancora ben impresso nella mente.

Un conto era stato giocare in quella sauna ma quello che stava per succedere un istante prima era tutt'altro e lui non poteva ritornare a farsi coinvolgere da quell'angelo biondo venuto dall'inferno.

Si scostò da lei bruscamente, quel quasi bacio restò sospeso, mai avvenuto e Mia riaprì gli occhi trovandosi davanti i suoi, torvi e cupi.

- Non ci riesco... Mia vattene a casa -

soffiò perentorio, voltandole le spalle, pigiando ripetute volte il pulsante dell'ascensore.

Sentiva ancora la presenza di Mia dietro di lui, i suoi occhi conficcati nella schiena, la musica in lontananza che ne copriva il respiro affannoso e lo scricchiolare delle nocche strette a pugno.

Il tintinnio dell'ascensore in arrivo lo scosse da qualsiasi pensiero e addentrandosi all'interno della cabina una volta apertesi le porte, sentì ancora una volta la sua presenza seguita poi dalla sua voce.

- Tu non mi dici quello che devo fare! -

aveva pigolato una Mia piccata seguendolo a ruota all'interno dell'ascensore, creandogli uno sbuffo nervoso.

Cristo santo era più testarda di un mulo quella ragazza!

Argo si era voltato piano, le mani infossate nelle tasche e il profumo di Mia a riempire lo spazio della cabina fatto più stretto con la sua presenza.

- Ti ho chiesto scusa per quella storia, ricordi?? Proprio ieri quando mi hai lasciato nuda e disperata sul pavimento! -

gli ricordò stizzita non tralasciando qualche accusa studiata apposta per farlo sentire in colpa, mossa del tutto inutile dato che Argo sembrò addirittura arrabbiarsi

- Ma per favore! Era la situazione del momento a farti stare male, ti sei sentita umiliata e distrutta, in una situazione normale non l'avresti mai fatto! -

l'accusò sicuro puntandole un dito contro.

Mia si ritrovò a guardarlo ad occhi sgranati, incredula a ciò che quella bocca aveva appena sputato, come poteva Argo pensare sul serio questo?

- Oppure era solo un vano tentativo per richiedere il bis, mia principessina White? -

continuò ad infierire bastardo sfoggiando un sorriso disarmante quanto sfottente e Mia avrebbe voluto prenderlo a schiaffi come baciarlo.

-Brutto stronz...-

fece in tempo a ringhiare prima che il sobbalzo dell'avvio dell'ascensore le facesse perdere l'equilibrio già precario dovuto ai tacchi alti e istintivamente aggrapparsi ai baveri della camicia di Argo.

Si ritrovò di nuovo con il volto vicino al suo, con le dita conficcate nella seta della sua camicia e il seno che aderiva perfettamente al suo torace, un braccio di Argo circondato intorno ai suoi fianchi sottili in modo da sostenerla e le labbra arcuate in una smorfia stizzita.

- Dobbiamo rifare la scommessa! -

tuonò con occhi dardeggianti, più sicura che mai.

- Vuoi una scommessa? va bene -

le rispose lui scuotendo appena il capo prima di afferrarle i polsi, ruotando di posto e schiantandola contro la parete di legno rifinita del lussuoso abitacolo. Ok, Mia voleva vederlo cedere? E lui aveva ceduto ma a modo suo.

Le strinse i polsi sopra il capo in modo da impedirle qualsiasi movimento.

- Trentasette piani Mia, trentasette piani prima di arrivare alla mia stanza, scommettiamo che riesco a farmi baciare prima di arrivarci? -

propose in un sorriso accattivante e una strana luce negli occhi.

Mia grugnì in disapprovazione, lui non faceva altro che imporle ciò che voleva ma di certo non si sarebbe tirata indietro e sfoggiando un sorriso malizioso acconsentì, si leccò le labbra rendendole lucide e invitanti

- Così non vale però... lasciami i polsi -

aveva miagolato poi prendendolo in contro piede.

Ma Argo ne aveva invece intensificato la stretta

- Decido io cosa vale e cosa no -

disse con un tono che non accettava repliche, imponendole la sua autorità senza darle scelta se non ubbidire.

E Mia non demorse, sollevando una gamba nuda andò a farla scivolare sensualmente contro la sua fino ad agganciargliela a un fianco, inarcando la schiena in un cozzare di bacini.

Sporse il viso verso quello di Argo percorrendogli con la punta del naso la mascella fino alla guancia, inspirando forte l'odore intenso di dopobarba prima di avvicinarsi alla bocca senza baciarlo.

Lo sentì ansimare piano percependo tra le sue gambe una appena accennata erezione già svettante nei pantaloni e anche Mia si era eccitata, solo nel sfiorargli la pelle bollente del viso aveva avvertito una fitta in mezzo alle cosce conseguita da quell'umida sensazione nei suoi slip.

- Scommetti che mi baci tu? -

gli sussurrò roca e testarda tentando di celare i fremiti che Argo le procurava solo standogli vicino.

Lo vide ghignare e sfoggiare con arroganza quel sorriso fatto di solo labbra, un battito di cuore se né andò perso quando lui accostò la bocca sempre più vicina alle sua fino a posarsi lì, sull'angolo, e lasciarci una traccia tiepida.

Un contatto appena ma capace di farle storcere gli occhi nella disperata ricerca del conta piani posto al di sopra delle porte.

Desiderava in realtà pressare le labbra sulle sue in un modo così viscerale che le dita si contrassero in spasmi nervosi pur di non cedere e perdere la sfida.

Soppresse un gemito nel constatare che la corsa era ancora lunga.

Merda! Erano appena al decimo piano e di questo passo avrebbe ceduto, perché diamine se la desiderava ancora quella lingua in bocca!

Ma era lui che doveva baciarla no?

Maledettamente femmina e provocante ritrasse lo sguardo compiacendosi di quel suo ringhio sibilato tra i denti solo per ripiegarsi su di lui a far scorrere le labbra sul mento, sul collo, su quella porzione di gola appena scoperta dal colletto della camicia.

Tocchi leggiadri e bollenti i suoi capaci di liberarla dalla morsa, Argo aveva posato entrambi i palmi contro la parete tenendo comunque Mia intrappolata tra questa e il suo corpo voglioso di attenzioni.

Tremava Argo, quasi impercettibilmente, respirando sempre più affannoso, abbandonandosi a quelle attenzioni audaci.

- Venticinque piani Argo -

gli sussurrò suadente fiondando le mani tra quelle ciocche rosa.

- Baciami dai... come hai fatto ieri quando nuda mi masturbavo per te -

continuò ridente nel sentire il corpo di Argo contrarsi in uno spasmo, ma sussultò quando improvvisamente il palmo di lui andò a circondarle gli zigomi chiudendo le dita in una morsa

- Pensi che possa bastare questo? Ricordati che ti disprezzo -

sibilò serio ma con la voce roca e le pupille dilatate.

- Disprezzi la Mia del passato, io sono altro -

replicò lei per niente indignata abbandonando un istante quell'aggressività dovuta alla sfida, mostrando a Argo un orgoglioso ardore in quelle parole.

Dette in quel modo perfino lui ne constatò la veridicità, allentando la presa delle dita sulla sua mascella, il pollice poi scivolò su un labbro carnoso.

- Che cosa sei allora? -

sussurrò in una flebile nota di voce dal sapore disperato, sentendo un calore irradiargli il petto nel vederla sospirare e stringere gli occhi a causa delle suo polpastrello ancora a sostare sulle labbra.

E Argo rimase a guardarla, Mia aveva gli occhi più belli che avesse mai incrociato pensò arrabbiato quando lei sollevò le palpebre per guardarlo con brama.

Incapace di pensare ad altro se non ad affondare in quella bocca di lei appena schiusa, Argo quasi ebbe un sussulto nel registrare il trillo che avvisava i due della conseguente apertura delle porte.

- Non ha vinto nessuno -

mormorò Mia intrisa di malinconia nel non sentire più il tocco caldo di Argo, aveva scostato le dita inclinando il corpo verso l'apertura della cabina e sibilato un:

- Come sempre -

prima di afferrarle la mano e trascinarla con sé oltre la soglia...

Il tacchettio dei tacchi alti echeggiava per il lungo corridoio, Mia affondava i piedi nella moquette che ricopriva il pavimento sempre più velocemente, tentando di non caracollare da un momento all'altro, osservando interrogativa le ampie spalle di Argo fasciate impeccabilmente dal quel completo scuro.

L'eccitazione pulsava ancora tra le sue gambe e percependo dalla stretta spasmodica di Argo quella patina di sudore che gli imperlava il palmo, intuì che anche lui dovesse avere l'urgente bisogno di sfogare le proprie voglie.

Si ritrovò a fissare una porta bianca, in parte coperta dalla schiena di Argo intento a trafficare con il passe-partout sfilato dalla tasca repentinamente.

In un battito di ciglia fu immersa dalla penombra della stanza, le aveva lasciato la mano e per inerzia si era spinta in avanti guardandosi intorno curiosa.

Una grande vetrata che faceva da finestra causava una meravigliosa atmosfera: i raggi lunari che filtravano da essa, mescolati alle luci della capitale ancora piena di vita a quell'ora della notte, illuminavano la stanza di una luce fioca ma abbastanza efficace da rendere il tutto visibile.

Si voltò di scatto nel percepire la porta sbattere.

- Non accendi la luce? -

domandò più per istinto che per qualche ragione specifica, accigliandosi appena nel vedere Argo proseguire verso di lei.

- Hai paura del buio, principessina White? -

replicò lui osservando in un sorriso di malizia Mia che un poco indispettita aveva ingoiato quel: "principessina" senza far polemiche.

Gli aveva invece sorriso di rimando schiudendo le labbra rosse in un esplicito gesto osé

- Certo che no -

gli aveva risposto in un sorriso mellifluo mentre con le dita in un gesto flemmatico, andava a far scorrere dai passanti la cintura del soprabito.

Un morbido suono di stoffa avvolse i piedi di Mia graziosamente calzati nelle scarpe col tacco, il soprabito era scivolato lungo le gambe sinuose di lei, mettendo in mostra il suo corpo appena coperto dall'intimo a due pezzi di pizzo scarlatto.

Si mostrò compiaciuta nel vederlo trattenere il respiro un istante e fissarla con ingordigia e, pronta a sedurlo con qualsiasi mezzo, andò ad accarezzarsi con le dita tra il solco dei seni ben incorniciati dal reggiseno.

- Mi hai portato qui per questo no? Dillo che non vedi l'ora di scoparmi e non per quella stupida scommessa -

gli disse convinta mozzando il fiato in gola nel vederlo avvicinarsi a lei.

Argo in un riflesso inconscio aveva dilatato le pupille ma prendendo il controllo sul suo corpo le mostrò un mezzo ghigno facendosi sempre più vicino, sfilandosi la giacca per gettarla sul letto e sbottonandosi i primi bottoni della camicia in un movimento rapido di dita mise allo scoperto un abbandonate porzione di petto.

- O forse sei tu quella che non vede l'ora? Spiegherebbe questo -

la provocò nel pizzicarle tra i polpastrelli una bretella del reggiseno, creando uno schiocco flebile contro la sua pelle nel lasciarla l'istante dopo.

- Scommett -

stava per proporgli Mia prima che un dito di Argo andò a tapparle la bocca

- Sshhhh bimba -

la interruppe voltandole le spalle per raggiungere quella che all'apparenza sembrava un altra stanza creandole un irritazione tale da farle assottigliare lo sguardo in un'espressione omicida e blaterale imprecazioni al suo indirizzo.

Ma Argo riuscì ad azzittirla nuovamente, in quel caso senza di dir nulla ma semplicemente facendo scorrere la porta a vetri e mostrarle l'interno di quella stanza che non era altro che una cabina armadio, tornando indietro un attimo dopo con una camicia bianca stretta in un pugno.

- Così ricco da pretendere una cabina armadio in una suite? -

domandò accigliata scrutandolo poi interrogativa nel vedergli sporgere il braccio verso di lei.

- Mettitela -

- Cos? -

- Mettitela, non faremo scommesse -

la informò maledettamente serio.

Mia sgranò gli occhi incredula, un moto di fastidio le pervase lo stomaco fino a farle contorcere le viscere, ma poi perché diavolo se la stava prendendo così tanto?

Non era mica partita con l'intenzione di farci sesso ma solo di provocarlo e farsi implorare, no?

Stizzita afferrò l'indumento indossandolo con gesti bruschi.

- Bene se non vuoi fare scommesse allora perché sono qui?
- Potevi lasciarmi andare via -

puntualizzò incrociando le braccia sotto il seno appena evidente dalla camicia lasciata aperta che larga calava fino ai fianchi nascondendo appena le curve rotonde dei glutei, picchiettando un piede con fare stizzito.

- Abito qui -

fu la risposta di lui avanzando verso un tavolino rotondo che arredava un angolo della stanza

- Non pretendo la cabina armadio nelle suite, ma abito qui -

concluse vago rispondendole alla prima domanda, lasciandola confusa e perplessa.

Voleva distrarsi e soprattutto tutto non guardarla perché la voglia di farla sua era così forte da creargli eccitazione e spasmi al basso ventre, ma Argo ricordava bene il consiglio di suo fratello

- Non assecondarla -

gli aveva suggerito, quando arreso aveva pensato bene di dargli almeno un suo parere su quella folle cosa che il suo fratellino minore voleva compire.

E c'era riuscito no? Aveva compiuto la sua vendetta e Mia ora restava un ricordo di soddisfazioni ma forse per "Non assecondarla" Dom intendeva anche quello di non portasela in stanza.

Ignorò quel:

- In una stanza d'albergo ?Perché? -

sbalordito di Mia versandosi dello scotch per berne poi una buona sorsata e placare l'incendio che nelle viscere divampava ardentemente.

Ma quando mai l'alcool spegne il fuoco?

Caso mai lo incoraggia a bruciare.

E posando il bicchiere vuoto in un tonfo appena accennato di cristallo un pensiero lo colpì, innescando in lui la curiosità di chiederle ciò che non avrebbe dovuto, perché il rischio di coinvolgerlo era alto.

- Hai detto che non so cosa è successo -

disse improvvisamente voltandosi di scatto per mettere a fuoco il viso di Mia lievemente turbato e sorpreso a causa di quell'affermazione a brucia pelo.

- Ieri hai detto che non so cosa è successo -

ripeté avvicinandosi a lei

- Mi sarei aspettato di trovarti a dirigere la società familiare o meglio ancora sposata con Antoine a vivere una noiosa vita da riccona tra party in piscina e serate al country club e non fare l'avvocato e spaccarti la schiena come i comuni mortali -

insisté creandole un brivido lungo la schiena nel sentirsi così scoperta e inerme.

Distolse lo sguardo da lui lievemente in disagio.

- Ho perso tutto... la società... i soldi... tutto -

rispose Mia in un mormorio senza precisare ciò che di prezioso e realmente importante avesse perso davvero, uccidendola e straziandola fino a farla rinascere nuovamente ma diversa.

Non voleva impietosirlo, se gli aveva confessato ciò era solo stato puro istinto, colpa di quegli occhi verdi così profondi da renderla vulnerabile.

- Oh capisco -

fu la risposta di Argo che a labbra tese ne sembrò quasi godere.

- Non è come pensi, qualcosa di più profondo ha cambiato la mia vita... non doveva essere quello il prezzo da pagare per farmi diventare una persona migliore ma è successo e io posso solo trovarne il lato positivo, oggi sono quella ragazza che i miei genitori avrebbero voluto vedere -

affermò orgogliosa e lucente sollevando il mento in un contatto visivo e per la prima volta riuscì a fare incurvare le labbra di Argo in un chiaro segno di dispiacere nel cogliere il significato implicito in quelle parole.

Ma scosse appena il capo

- Questo non cambia il passato -

affermò lui assumendo un espressione fredda appena intaccata dalla tono vibrante con cui l'aveva detto.

Mia annuì consapevole che non sarebbe bastato raccontargli di come la sua vita era cambiata dopo la tragedia dei suoi genitori ma con Argo serviva ben altro per farsi perdonare.

- Però ha cambiato il mio presente -

sorrise tenue, con una strabiliante forza interiore Mia era riuscita a sorridergli nonostante la costante amarezza che le avvolgeva il cuore, ricordare la morte di mamma e papà era ancora causa di malessere per lei.

- E tu Argo? Cosa ha fatto cambiare il tuo presente? -

gli domandò senza alcun tipo di provocazione.

- La forza di volontà, voler essere una persona diversa e non parlo di questo -

le rispose stranamente accondiscendente, indicandosi con un palmo aperto il torace scolpito e il ventre modellato ad arte

- Questo è venuto da sé... ho trovato uno sfogo fisico nello sport per scaricare tutto quell'accumulo di studio durante l'università e continuo a farlo tutt'ora, dirigere una multinazionale è stressante -

ridacchiò in quella considerazione finale coinvolgendo Mia in quella risata appena accennata.

Uno strano silenzio cadde tra i due, tutto ciò era curioso pensò Argo nel perdersi a guardala, come diavolo era riuscita a farlo sentire così sereno? Si torturò le mani tra loro, un velo di sudore gli inumidiva la pelle e tornò a fissare intensamente Mia davanti a lui che con quegli occhi grandi da cerbiatta e i bagliori della metropoli dietro di lei a illuminarle i contorni fini del viso e delle spalle fasciate dalla sua camicia, che bianca sembrava renderla un angelo, lo guardava ancora ridente.

L'angelo venuto dall'inferno, ricordò nuovamente stringendo gli occhi solo un attimo.

Si avvicinò un po' di più e Mia accennò un sorriso tenero e ingenuo, non vi era malizia in quel sorriso da bimba e lui ne sembrò catturato tanto che non si accorse di circondarle il volto con le mani e aspirare una zaffata di quel profumo intenso, profumo rimastogli addosso e che ormai non poteva associare che a lei.

Mia sospirò piano, abbassò poi gli occhi mettendo a fuoco la sua camicia candida, i gemelli ai polsi e le braccia robuste, i muscoli compatti dei bicipiti sembravano soffocare sotto quel tessuto pregiato.

- Argo...-

mormorò in un filo di voce, voleva che la baciasse con brama, desiderava la sua lingua in bocca più di ogni altra cosa al mondo, ma quello stupido orgoglio con cui era forgiata non le permetteva di esprimersi con il cuore.

Ma fu lui a chinarsi su di lei e premere le labbra sulle sue, insinuarvi la lingua e baciarla con trasporto, stringendole la nuca con le dita o sorrarla a so con un braccio circondato intorno ai fianchi.

Respirò a fondo quando percepì le mani di Mia accarezzargli il petto, malandrine si erano intrufolate tra le pieghe della camicia regalandogli tocchi leggeri e, con le lingue ad intrecciarsi in un gioco di saliva, Argo pensò a quanto quel momento lo facesse stare bene.

Un pensiero rumoroso, quanto un sasso lanciato contro una campana.

Sgranò gli occhi scostandosi da lei terrorizzato e a corto di fiato, Mia teneva gli occhi ancora chiusi e se non fosse stato così sconvolto da quel suo stesso pensiero forse avrebbe interpretato quel sorriso sulle labbra di Mia come il frutto dell'emozione che le aveva appena regalato e non come un gesto arrogante, di sfida.

- Stavi parlando di scommesse prima -

le sussurrò roco facendole aprire gli occhi e riemergere dallo stato di apnea in cui era sommersa.

Batté le palpebre e perplessa lo guardò stranita, quella stupida faccenda della sfida Mia l'aveva accantonata dal momento che l'aveva baciata con una tale passione da farle dimenticare il reale motivo della sua presenza accanto a lui.

La stava usando nuovamente per gonfiare il suo ego e ciò le creò un'ondata di amarezza da impregnarle il cuore, serrò la mascella al pensiero che quel bacio era solo l'ennesimo capriccio di Argo.

- Già, vedo che non riesci a resistermi a quanto pare -

soffiò lei assottigliando lo sguardo -

- Scommettiamo che mi implorerai a un certo punto? -

continuò maliziosa creando in Argo un fremito d'aspettativa.

Il solo pensiero lo eccitava anche se un brivido di sordo timore gli scosse il corpo nel pensare che sarebbe stato tra le sue mani, totalmente.

E facendosi coinvolgere da quella sua proposta non oppose resistenza quando Mia si fiondò sulla sua bocca baciandolo con fervore, spingendolo in avanti fino a farlo indietreggiare e caracollare su una poltrona.

- Scommettiamo Silves, mi chiederai per favore di farti venire -

lo provocò Mia spogliandosi della camicia per lasciarla cadere accanto a lei e sporgere le mani direttamente verso la patta dei suoi pantaloni

- E userò solo la bocca -

continuò in uno schiocco di lingua nel tirargli giù i calzoni in uno strattone violento e Argo affondò le unghia nella pelle dei braccioli di fronte a tanta perversa audacia, cazzo solo a sentirle dire certe parole gli si era già indurito.

Trattenne un ringhio nel sentire le dita di Mia abbassargli piano i boxer, facendoli scivolare flemmaticamente sulle cosce, si era piazzata in ginocchio tra le sue gambe aperte allungando le mani fino ad accarezzargli il ventre ancora coperto dalla camicia, giocherellando poi con le dita, percorrendogli l'inguine senza mai toccare il membro già teso.

Argo assottigliò lo sguardo di fronte a quell'espressione birichina, la frustrazione lo stava logorando e avrebbe voluto urlargli frasi del tipo:

- cazzo sai cosa aspetto, sai cosa voglio, adesso ti prego adesso -

ma colse quel bagliore di strafottenza nelle iridi castane di Mia, sapeva che lo stava facendo apposta a torturarlo in quel modo.

Si morse un labbro trattenendo il gemito di sollievo quando finalmente Mia gli avvolse il sesso turgido tra le dita, pompandoglielo a scatti veloci prima di affondarvi la bocca e riempirsela, avvolgendogli il sesso interamente.

Argo inarcò la schiena buttando indietro il capo, sentiva il fuoco divampargli dentro e quelle lappate voluttuose gli stimolavano il membro creandogli adrenaliniche scariche elettriche in tutto il corpo.

Sentiva l'apice sempre più vicino ma la frustrazione tornò ad assalirlo quando cattiva scostò le labbra morbide dal suo sesso che già grondava seme pre-orgasmico, sollevando a fatica le palpebre mise a fuoco il suo viso già segnato da una precocie soddisfazione di vittoria.

- Devi chiedermelo per favore -

insisté Mia continuando ad accarezzargli il membro con le dita, stimolandogli il glande in lievi tocchi capaci di farlo fremere ma non abbastanza da farlo venire

- Dimmelo che vuoi che te lo succhi fino a prosciugarti -

continuò sporca, infliggendogli un'altra calda leccata per tutta la sua fiera lunghezza.

Argo annuì piano, allungando una mano in una leggera carezza tra i suoi capelli biondi, come a spronarla a continuare ma schiuse le labbra in un ghigno

- Sicura che è così che vuoi farmi venire? Mettermi fuori gioco con un pompino? -

la istigò creandole solo un flebile dubbio prontamente ricacciato dalla testardaggine di voler vincere la sfida.

Mia sentì i suoi occhi accarezzarla, seguire la curva della schiena fino alla rotondità dei glutei, soffermarsi sulle cosce dove lo slip era ormai fradicio.

- Non vorresti di più? -

continuò roco ed eccitato fino allo spasmo con la frustrazione tenuta a bada solo per vederla cedere mentre la sua mano scendeva lenta quasi a contar vertebra per vertebra di quella pelle liscia e bollente.

Mia distolse lo sguardo da lui boccheggiando, voleva dirgli di si, voleva sentire le sue mani, le sue dita, la sua lingua, il suo sesso turgido prenderla, ma ora, subito, adesso.

- Sarai tu ad implorami -

affermò Argo stanco di aspettare prima di sollevarsi di scatto e afferrare Mia dalle braccia baciandola e spingendola verso il letto fino a cadervi insieme in un groviglio di braccia, gambe e bocche affamate.

Si era strattonato via scarpe e calzoni sfilandole le scarpe con il tacco, premendola contro il materasso morbido per sovrastarla con il suo corpo e sentire direttamente sul torace i seni nudi di Mia che in un veloce movimento di dita aveva slacciato il reggiseno per mostrarsi a lui ancora una volta.

Le baciava il collo e la sentiva ansimare sotto di se, contorcersi e inarcare la schiena solo per sentire meglio il suo sesso tra le cosce, sfregare contro la sua intimità ancora coperta dallo slip.

Argo sollevò il busto posando i palmi sulle sue ginocchia per divaricarle meglio le gambe, una si staccò andando con le dita a sfiorarle l'orlo dello slip, tenderlo, tirarlo con forza strappandole un lungo gemito soffocato.

- Dimmelo -

le sussurrò in un ringhio facendole soffocare i respiri sempre più accelerati senza però ricevere risposta.

Mia sapeva bene che in quel momento non serviva far diventare parole i pensieri osceni che le affollavano la testa, sapeva bene che lui lo capiva solo guardandole il volto deformato dal frustrante piacere e che se voleva sentirselo dire era solo per marcare la sua dominanza su di lei.

Ma non riusciva più a resistergli e uccidendo l'orgoglio per un momento di lussuriosa felicità mormorò flebili lamenti

- Si... fammi sentire te -

aveva mormorato roca facendolo impazzire del tutto, strappandole via gli slip con ferocia, indossando un contraccettivo cacciato da un cassetto di un comodino accanto al letto in un momento fatto di soli baci, dati da lei mentre con le braccia se lo stringeva forte e con la bocca gli sussurrava parole sporche.

Si spinse in lei in un solo affondo, offrendole il suo sesso lucido di voglia, premendole i palmi sotto la schiena in modo da spingersela contro e riempirla tutta, fino in fondo tanto da mozzarle il fiato.

Ansimava Argo, in quell'antro caldo c'era da perdersi e intrecciando le dita con quelle di Mia le circondò i lati del viso posando le braccia sul cuscino, perdendosi nella bocca di lei, continuando a penetrarla con sempre più rapidità.

Non importava più nulla in quel momento se non affondare in lei e provocarla, alleggerendo le spinte solo per sentirsi implorare.

Osservarle le labbra gonfie di morsi e gli occhi intrisi di piacere.

Cazzo se era bella, lo faceva impazzire.

- Non fermarti... ah ti prego più in fondo -

gli gemeva sulla bocca impadronendosi a palmi pieni del suo petto, tastando con i polpastrelli ogni avvallamento del torace e sopraffatto dai quei tocchi non si accorse di come in un istante Mia invertì le posizioni facendolo sfilare via da lei.

Si ritrovò steso a pancia in su, le braccia larghe e una vena di frustrazione a pulsare sulla fronte mentre Mia a cavalcioni su di lui ancheggiava suadente e affannata, una mano premuta sul suo petto e l'altra a stringere tra le dita il membro gonfio facendolo sfregare contro le sue natiche

- Dimmelo -

lo sbeffeggiò in un ghigno facendolo ringhiare incazzato.

E compiaciuta si accontentò solo della sua espressione ardentemente desiderosa facendosela bastare come una piccola vittoria personale, sollevando appena le ginocchia si calò dolcemente su di lui conducendo l'asta di Argo all'interno della sua apertura dilatata e bagnata.

Gemette di piacere nel sentire nuovamente il suo membro riempirla e premendo un palmo contro il suo petto dopo aver sibilato un:

- No -

a quel tentativo di Argo nel sollevare il busto per riprendere la dominanza, Mia inarcò la schiena buttando il capo indietro.

I lunghi capelli biondi arrivarono a solleticare le gambe di Argo, iniziò ad ondeggiare su quell'erezione potente, dapprima in lenti e costanti movimenti circolatori, poi sempre più veloce e a scatti irregolari, finendo per saltare su e giù.

Argo ansimava sempre più forte, imprecando e grugnendo, lo faceva godere, lo faceva morire nel vederla nuda tra le sue gambe a sussurrare il suo nome tra un gemito e l'altro

- Continua... -

gli scappò dalla gola immergendo le dita nei suoi fianchi morbidi.

Quelle parole soffiate con quel tono desideroso invogliarono Mia a fare di meglio, tirò su il busto facendo forza con le gambe usando maggiore energia, cavalcandolo fino a perdere le forze ed accasciarsi sull'ampio petto di lui, l'abbondante seno a sfregarsi contro il torace e senza mai diminuire il ritmo gli torturò il collo con morsi e succhiate da capo giro.

Argo mugolava arrapato, con uno scatto passò le mani dai fianchi alle natiche, impastandogliele a dovere e colpendola forte con il bacino conducendo una Mia implorante e ormai al limite, nel più appagante degli orgasmi.

Un urlo liberatorio uscì da quella bocca di fragole prontamente divorata da Argo, ribaltò nuovamente le posizioni solo per spingersi in lei con maggiore urgenza, avvolgendola totalmente con il suo corpo e sentire quello di Mia rispondere debolmente, ormai privo di forze.

Il membro turgido di Argo si gonfiò dentro di lei fino ad esplodere nel tanto agognato piacere.

Nonostante il preservativo indossato, Mia poté percepire i fiotti di sperma potenti e bollenti grondare dal sesso di Argo in un orgasmo meraviglioso.

Aveva ringhiato Argo, tremante era rimasto ben premuto in lei fino a svuotarsi del tutto, sfilandosi poi per caderle accanto, spossato e ansimante.

Rimasero uno accanto all'altro senza dire nulla osservando un soffitto bianco irradiato di luce di luna.

Argo rimase immobile per un tempo indefinito, il petto contratto dagli spasmi violenti dovuto al respiro affannoso, l'eccitazione che sfumava di secondo in secondo lasciando spazio a una piacevole sensazione appagante.

Mia era accanto a lui coperta appena da un groviglio di lenzuola sudate, voltò di scatto lo sguardo nel sentire le sue dita in un lieve contatto sul polso.

Mia gliela aveva stretto dolcemente ma rimase sorpreso nel trovarla già addormentata.

La osservò ancora qualche attimo prima di voltarsi su un fianco e spostarle le ciocche di capelli dal viso, forse avrebbe dovuto svegliarla e mandarla via... forse.

Ma rimase a guardarla, si era fatto coinvolgere troppo ma ne doveva essere contento no? La sua vendetta si era solo ampliata in fin dei conti.

Ma non gli importava niente in quel momento se non chiudere gli occhi, avvicinarsi un po' di più a lei per creare un abbraccio casuale e non per forza voluto, abbandonarsi al sonno seguendo il ritmo del dolce respiro di Mia...

Osservava il suo profilo allo specchio accennando un sorriso alla visione di quel semplice vestitino di cotone che le fasciava il corpo, Mia vi si passava sopra i palmi nello specchiarsi, distendendo la stoffa rosa sul ventre e sulle cosce, annuendo poi soddisfatta e scioccamente felice.

Si era svegliata un'ora prima, nuda e appagata tra le lenzuola sfatte in un letto vuoto, aveva incurvato le labbra nel constatare che Argo non fosse lì con lei e l'inquietudine l'aveva assalita.

In fondo era sempre stata conscia che con lui ci sarebbe stata solo un effimera passione dovuta poi a quell'avvilente storia della sfida, ma aver fatto l'amore con Argo si era rilevato di più di una semplice avventura di una notte per lei che solo a pensare ai suoi baci sentiva il cuore martellare furioso.

Ma si era svegliata da sola e quasi aveva percepito delle lacrime pungerle gli occhi se non fosse stato per quei tonfi provenienti dalla porta, il servizio in camera annunciava una consegna per lei e scossa e perplessa era balzata goffamente giù dal letto per avanzare mezza nuda, se non coperta da un semplice lenzuolo, verso la porta, aprirne appena uno spicchio e accettare cortesemente quella sacchetto di carta.

- Il signor Silves le manda questol'aveva semplicemente informata il portiere lasciandola poi in un garbato cenno di saluto.

E Mia si era chiusa la porta alle spalle addossandosi contro ancora sorpresa, rimanendo sbalordita nel tirare fuori dal sacchetto un vestito e un biglietto.

- Mettitelo, non ti farei mai andare in giro coperta solo da un soprabito. Non fare storie. Argo. -

Quel vestito Mia se lo era messo senza alcun tipo di storia e ora specchiandosi, non poteva che sorridere gioiosa sentendosi una stupida adolescente alle prese con la prima cotta.

Ma sobbalzò nell'udire lo scatto della porta in lontananza, il nervosismo l'assalì e anche l'inquietudine tornò a pungolarle il cuore, Argo era ritornato e lei era ancora lì, nella sua stanza, forse non avrebbe voluto averla ancora tra i piedi.

Sì, le aveva fatto recapitare un abito ma magari il suo era stato solo un gesto da gentiluomo, pensò in preda al nervosismo mentre a passi veloci lasciava la cabina armadio per avanzare verso la porta e arrestare il passo con il fiato in gola nel trovarselo davanti.

Sudato e in tenuta sportiva formata da una maglietta e un paio di pantaloni della tuta, Argo era sobbalzato appena, l'aveva squadrata un istante e, ignorato quel suo:

- Stavo andando via -

balbettante, si era voltato in cerca di una bottiglietta d'acqua nel mini bar.

Mia l'osservò in silenzio, incapace di qualsiasi parola dato l'imbarazzo ad avvolgerla, ammaliata poi dal suo pomo d'Adamo scendere a salire freneticamente, un rivolo d'acqua a sfuggire dalle labbra e colargli giù dal mento.

- Sei ancora qui -

le fece notare retorico nel fronteggiarla accennando un ghigno divertito nel vederla gonfiare le guance offesa.

- Tolgo subito il distur -

fece per latrare Mia, ma Argo le aveva
afferrato il braccio e fatta indietreggiare
dalla porta, avvicinandosi a lei fino a posare
la fronte contro la sua.

- Ti sta bene sai, il vestito dico -

le soffiò ridente facendola boccheggiare e
annuire timidamente restando un momento
vicini in quel modo senza dir nulla ma solo a
sentir i propri respiri infrangersi sulla pelle.

- Devi ritornare entro stasera vero? -

le domandò poi scostandosi appena il giusto
per vederla annuire nuovamente e cogliere
dai suoi occhi un certo dispiacere.

- Si, inizio già domani a lavorare -

gli aveva confermato.

- Io ho preso la giornata libera -

aveva replicato lui accarezzandole con due
dita il viso, facendoglielo sollevare di scatto
e sfoggiare un ghigno seduttore nel

percepire da Argo il desiderio di sfruttare insieme quelle ore che gli rimanevano.

Mia sentiva che in qualche modo lui stava provando a dimenticare il passato e sorridendogli lei si avvicinò alla sua bocca, sfiorandogli le labbra.

- Sai mi sono venute in mente due o tre scommesse che potremmo fare sotto la doccia -

le aveva sussurrato lui, ghignando, creandole un fremito di aspettativa ma al contempo un turbamento nel cuore che non poteva più ignorare.

Non voleva che tra loro ci fosse sempre quello stupido pretesto di sfide e vendette.

Ancora vicina a lui, conficcò le unghia nel tessuto della sua t-shirt affondando anche il capo contro il suo torace lievemente percosso dal respiro affannato dovuto alla corsa

- Io ti chiedo scusa per quella storia, Argo davvero voglio che tu mi perdona -

mormorò con voce spezzata sentendolo
tremare e irrigidirsi.

Sentì le sue mani a coppa circondarle il viso
e spronarlo a sollevarlo verso di lui

- Ti prego dimentica quello scherzo, quello
stupido nomignolo e quella Mia superficiale
che ti ignorava, quella Mia non esiste più -

continuò in preda all'emozioni, dando voce
al suo cuore senza realmente sentire ciò che
stava dicendo.

- La causa del mio odio è solo lo scherzo
Mia, non dei cinque anni passati a venirti
dietro senza essere preso in considerazione
o il soprannome, quello poi non è stata
nemmeno colpa tua -

snocciolò lui accarezzandole le guance con i
polpastrelli, bloccandosi nel vederla
deglutire e abbandonare il contatto visivo
con lui.

- Mia.. non è stata colpa tua il soprannome
vero? -

le domandò ancora con urgenza

- E' stato Antoine no? -

insisté nell'afferrarle il mento tra le dita per
farsi guardare.

- Argo io... era solo uno stupido nomignolo
non credevo che tutti arrivassero a chiamarti
così -

latrò Mia osservando dispiaciuta Argo
allontanatosi da lei nel capire chi fosse il
vero colpevole di quel soprannome.

- Argo ti prego, non rovinare tutto io ti ho
chiesto scusa -

continuò Mia tentando invano di afferrargli
le mani o posare le sue sul suo petto

- Quel "Pigi" era solo una sciocchezza!
Perché prendersela tanto! -

- Perché prendersela tanto?! -

esclamò Argo afferrandole un polso,
intimorendola con quegli occhi cupi

- Quella sciocchezza come la chiami mi ha perseguitato per tutto il liceo! Mi chiamavano tutti in quel modo, in molti non sapevano nemmeno quale fosse il mio vero nome! -

urlò di rabbia stringendole tra le dita il polso, sempre più forte.

- Secondo te per me era una sciocchezza, eh? -

ringhiò truce guardandola con odio.

Come aveva potuto pensare che fosse cambiata e farsi coinvolgere in quel modo?

Mia era rimasta la stessa ragazza superficiale di un tempo e lui ci stava ricascando.

- A-argo mi fai male -

gemette lei, un lieve timore l'aveva avvolta nel vederlo infuriato in quel modo e perplesso l'istante dopo, aveva sbarrato gli occhi Argo rendendosi conto di quella stretta troppo forte.

Lasciandola libera la sorpassò

- Vattene via -

aveva ringhiato scuotendo il capo,
voltandosi e serrando la mascella nel sentirla
nuovamente implorare delle scuse

- Mia ti ho detto di andartene, non c'è più
nulla che mi interessi di te -

sibilò cattivo facendola ammutolire e
rimanere immobile in centro alla stanza
mentre sbatteva la porta del bagno in un
rumore sordo.

E a Mia non restò che andarsene come
aveva detto lui, chiudendosi la porta alle
spalle e sistemandosi meglio il soprabito
sotto braccio, rifugiandosi nella cabina
dell'ascensore e dare sfogo al suo dolore
solo una volta che le porte si fossero chiuse.

Si sentiva vuota e distrutta, la vergogna poi
la faceva sentire stupida e abbassando lo
sguardo andò a nasconderlo in un palmo
mentre le lacrime cadevano a grandi gocce
rigandole le guance.

Lasciò che il dolore prendesse il sopravvento e singhiozzando diede voce ai suoi flebili lamenti

- Mi dispiace così tanto -

gemeva disperata.

Ormai arresa all'idea che Argo avesse potuto perdonarla un giorno, lasciò l'Hotel una volta per tutte confondendosi tra la gente, col cuore senza un pezzo e la mancanza di lui già a perseguitarla.

La settimana dopo.

Una luce fioca filtrava dalle imposte semiaperte regalando un' insolita penombra pomeridiana.

Nonostante fosse aprile quel venerdì pomeriggio era caratterizzato da un pioggerellina fitta che rendeva umidiccio il clima e soffocante il cielo che coperto da quei nuvoloni grigi, lasciavano poco spazio al sole e sopratutto alla voglia di uscire di casa.

Mia, da dietro la finestra, era rimasta per un tempo indefinito a fissarlo quel cielo cupo, un leggera trapunta avvolta sulle spalle e ben stretta tra le dita che l'avvolgeva in un effimera carezza e voltandosi poi verso il divano vi tornò a stazionarvi sopra a passi lenti.

Sbuffò una specie di lamento nell'accasciarsi sul divano posando i piedi sopra il tavolino di fronte, inclinando il capo e osservando quel barattolo di gelato senza coperchio, almeno quel che ne restava, ormai una massa informe al cioccolato galleggiava all'interno.

- Patetico -

mormorò tra sé e sé nel constatare di come stesse passando quel venerdì libero dal lavoro, sarebbe dovuta uscire con Sarah e andare a quella inaugurazione di una nuova galleria d'arte a New York e non stare a crogiolarsi tra le mura del suo appartamento a riempirsi di schifezze e vedere roba trash in televisione.

Sarah aveva tanto insistito nell'andare insieme, pensò corrucciata nell'aver detto di no alla sua migliore amica ma era colpa del tempo no? Quella stupida pioggia impigriva ogni sua convinzione di uscire di casa e poi era meglio passare il fine settimana a riposarsi no? Per una volta che mister W le aveva concesso un lungo week-end libero dagli stressanti impegni lavorativi, la cosa giusta era passarlo a dormire, no?

Sbuffò una risata sardonica, ridendo di se stessa scosse il capo, perché forse poteva continuare a pensare ad altre mille motivazioni causa di quella sua apatia nell'ultima settimana, curiosamente coincidente con il ritorno dal suo ultimo lavoro e la totale astinenza di Argo, ma Mia sapeva bene che era proprio quell'ultima affermazione la vera causa del suo male a renderla triste da più di sette giorni.

Per una settimana Mia aveva lottato contro se stessa pur di non ritornare a cercarlo, avrebbe voluto farlo con tutta l'anima, ritornare da lui perfino strisciando perdendo un pezzo di dignità pur di imploragli nuovamente il perdono.

Argo era riuscito a fare quello che nessuno prima di lui aveva fatto, spazzare via il suo orgoglio.

Malinconica a quei mesti pensieri si rannicchiò su stessa stringendo le ginocchia al petto e affondandovi il mento, se non era andata a cercarlo era stato solo per quella consapevolezza che l'affliggeva: la realtà dei fatti era che Argo la odiava e non l'avrebbe mai perdonata.

Sospirò Mia mentre il cuore si faceva pesante, voleva rivederlo e assaporare nuovamente il suo sapore buono, gli mancava così tanto, terribilmente. In una sola notte di passione quel ragazzo dagli occhi verdi e il tormento nel cuore le aveva rubato completamente il suo e lei aveva pianto per giorni, ostinata più volte aveva avuto l'intenzione di ritornare ma poi non l'ho aveva fatto, Mia si era semplicemente chiusa in se stessa oltre che in casa o in ufficio, senza nessuna voglia di svagarsi e dimenticarlo.

Era da masochisti ma non aveva nessuna intenzione di scordarsi di Argo.

Il trillo del campanello sviò ogni suo pensiero triste e bofonchiando un qualche lamento si sollevò di malavoglia per dirigersi verso la porta.

Probabilmente Sarah non si era arresa al quinto "no" e probabilmente aveva notato anche quel suo malessere che l'attanagliava da giorni, Mia aveva tentato di celare il tutto con la solita scusa della "stanchezza lavorativa", non le aveva parlato nemmeno di Argo ma Sarah era perspicace oltre ad essere la sua migliore amica e Mia sapeva che sarebbe stato solo questione di un altro paio di giorni prima che la sua amica non le stappasse con le cattive ciò che l'addolorava tanto.

In quel breve tragitto dal divano all'ingresso tentò di scacciare via il malumore, quella sua tristezza non doveva certamente essere una giustificazione per trattare sgarbatamente Sarah, era conscia che quegli sproni per uscire di casa erano dovuti al grande bene che le legava e forse era giunto il momento di parlarle di cosa fosse successo in quei giorni di trasferta, anche se faceva male sapeva che in qualche modo le avrebbe fatto bene parlarne con Sarah.

Afferrando la maniglia con decisione e stampandosi un falso sorriso sul volto, la fece scattare verso il basso aprendo la porta per accogliere la ragazza ma sgranò gli occhi quando si accorse che non era Sarah quella ad aspettare impaziente sotto la pioggia dietro la soglia.

Il cuore le balzò in gola e in totale mutismo continuò ad osservarlo, era impossibile da credere eppure Argo era difronte a lei.

In jeans e giubbotto di pelle se ne stava a guardala serio in silenzio anche lui, la pioggia cadeva in piccole gocce lungo il suo viso, picchiettando contro le spalle e schizzando anche Mia ancora incredula.

- Ecco piove... potresti farmi entrare? -

mormorò lui, la voce che sembrava un poco incerta e gli occhi che si erano abbassati a guardare un punto indefinito verso lo zerbino.

Passò qualche istante prima che Mia sobbalzasse in una affermazione positiva scostandosi di un lato per permettergli il passaggio, sentì il suo profumo virile

accarezzarle la pelle nel durante dell'azione
e deglutendo tentò di dare una calmata al
suo cuore impazzito, chiudendo la porta e
voltandosi verso di lui.

Argo si era guardato un po' intorno
studiando l'ambiente circostante osservando
poi Mia e quella sua espressione perplessa.

- Scusa sto gocciolando sul tuo pavimento -

le fece notare un po' imbarazzato indicando
con l'indice la pozza d'acqua che andava
ad allargarsi sotto i suoi piedi.

- Non fa niente -

scrollò le spalle lei congiungendo le mani tra
loro, pasticciandosi le dita con fare nervoso
nel domandarsi cosa diavolo Silves Argo ci
facesse a casa sua, a gocciolare sul suo
pavimento.

Non che la cosa non le facesse piacere, anzi
ancora sentiva lo stomaco in tumulto nel
trovarselo così vicino dopo quello che era
successo.

Ma era convinta che Argo mai e poi mai l'avrebbe ricercata.

Ripiombò uno strano silenzio fatto di sguardi, Argo si passava le dita tra le ciocche bagnate a scrollarsi l' acqua in eccesso e Mia respirò profondamente prima di fargli la fatidica domanda.

- Argo... perché sei qui? E sopratutto come facevi a sapere dove abito? -

domandò cauta restando ancora distante da lui, accigliandosi nel vederlo abbassarsi la zip del giubbotto e frugarvi all'interno.

- Ti ho riportato questo -

fu la risposta asciutta di lui sporgendo il braccio verso di Mia, tra le dita quel tessuto rosa a lei familiare.

Ne fu sorpresa nel rivedere quel vestito tra le sue mani, quell'abito che Argo stesso le aveva regalato la settimana scorsa prima di quella terribile litigata.

Mia rimase a guardarlo perplessa almeno
finché Argo con insistenza scrollò un paio di
volte il braccio intimandole di afferrarlo.

- E' tuo, se non ti piaceva potevi pure
buttarlo non c'era bisogno di farmelo riavere
-

rispose un po' piccato   quella domanda
muta di Mia che nel riprendersi il vestito lo
guardò stranita.

Quel vestito le piaceva eccome, ma una
volta tornata a casa si era sentita in disagio
nel tenerselo.

L'abito era di alta sartoria, Mia ne aveva
riconosciuto il taglio e la stoffa pregiata nel
passarlo tra i polpastrelli e Argo
probabilmente aveva speso una grossa
somma nel comprarlo, il motivo di tale gesto
ancora le sfuggiva e tra le tante ipotesi vi
erano anche quelli più avvilenti.

Una ricompensa per il sesso? Una ennesima
prova da parte di Argo nel constatare che
lei fosse realmente cambiata e non era al
suo portafogli che mirava? Mia non voleva
più domandarselo e dato che il rapporto con

lui era stato definitivamente chiuso, aveva pensato bene di restituirglielo spedendo un pacchetto direttamente all'Hotel.

- Mi piace -

mormorò sentendo il suo sguardo cupo alleggerirsi appena

- Pensavo solo che magari lo rivolessi indietro dopo quello che hai scoperto... tutto qui -

- Non lo voglio, mi ricorda te, c'è il tuo profumo impregnato sopra -

le rispose asciutto ritornando a sfoggiare quegli occhi torvi, facendo capire a Mia che non era per una tregua il motivo della sua presenza in casa sua.

- Allora potevi buttarlo via tu e non disturbarti a venire fino a qui -

sbottò Mia indignata e anche un po' isterica posando bruscamente sul tavolo il vestito appallottolato.

Argo la faceva impazzire su qualsiasi fronte.

- Passavo di qui, devo andare in un posto e già che c'ero... -

spiegò con sufficienza.

- Bene! Grazie signor Silves le chiedo scusa se non l'ho lavato prima di ridarle il suo "compromesso" -

blaterò Mia avvicinandosi a lui sempre più indispettita.

Che cos'era quella visita? Un altra sua beffa forse? E lei che per un attimo aveva pensato...

scosse la testa infuriata dandosi della sciocca.

- Compromesso? -

ripeté lui con cipiglio.

- Il vestito no? è per questo che me l'hai regalato, non so che donne frequenti ma non ho bisogno di ringraziamenti materi... -

Si bloccò smettendo di parlare quando Argo le afferrò il polso avvicinandosi un po' troppo alla sua bocca

- Non dire cose stupide, era solo un regalo -

le soffiò sulle labbra facendola tremare d'eccitazione solo nel soffiarle respiro caldo sulla pelle

- Nessun ringraziamento... solo un regalo -

continuò nel sfiorarle il naso con il suo prendendo una zaffata del suo profumo che tanto gli piaceva e che, pur se ancora non lo ammetteva, gli era mancato da impazzire.

Si ritrovarono a guardarsi negli occhi e a sospirare impercettibilmente

- Perché sei qui? -

gli domandò lei quasi in un lamento, scostandosi mesta quando Argo le lasciò il polso per volgere lo sguardo da un'altra parte.

- Volevo andare in un posto, te l'ho detto -

ripeté con voce calma

- E casa tua era sulla strada -

continuò, regalandole un sorriso furbo
quando Mia tentò di chiedergli come facesse
a sapere il suo indirizzo.

- Non vale usare la tua potenza su di me -

pigolò seccata celando il tonfo nel cuore che
Argo le aveva creato con quel sorriso
appena accennato e sopratutto alla
consapevolezza che si fosse spinto a
chiedere nuovamente informazioni su di lei.

- Io... pensavo fossi ancora arrabbiato con
me -

mormorò in un sibilo tremante senza il
coraggio di guardarlo e quel:

- Lo sono ancora -

sussurrato da Argo servì solo a farla
stringere nelle spalle e sospirare piano.

- Ma... -

disse poi facendole sollevare il viso di scatto e battere forte il cuore, fissarlo con apprensione mentre Argo sembrava in cerca di ossigeno o forse di parole giuste.

Ma il silenzio tornò ad abbattersi su di loro, un dettaglio insignificante per Mia che impaziente di sentire cosa venisse dopo quel "ma" tentava disperatamente di decifrare quei meccanici gesti che Argo faceva con le dita, sembra nervoso nel scostarsi un lembo della giacca guardandosi intorno spaesato.

- Cazzo è difficile -

imprecò lui notevolmente confuso e Mia percepì dai muscoli tesi del corpo e del viso tutta la tensione di Argo.

Ingoiò un boccone amaro perché rilevare i propri sentimenti sarebbe dovuto essere spontaneo e per un attimo Argo l'aveva illusa nuovamente ma non voleva torturarlo o cacciargli dalla bocca parole forzate, magari metterlo a suo agio sarebbe servito a qualcosa e sorpassandolo gli posò una mano sulla spalla come una pacca leggera

- Ti prendo un asciugamano -

lo informò soltanto prima di scomparire dietro la porta del bagno.

Ne uscì fuori qualche minuto più tardi portando con sé una spugna bianca, varcando la soglia del salotto Mia arrestò il passo nel mettere a fuoco la figura di Argo che di spalle non si era accorto della sua presenza dietro di lui, continuando perciò con vivido interesse a scrutare un portaritratti in particolare, l'aveva addirittura preso dalla mensola dove era posto per osservarne meglio la foto contenuta.

Imbarazzato voltò lo sguardo verso di Mia quando ella lo affiancò in silenzio indirizzando l'attenzione verso la cornice, quella che conteneva la foto di mamma, papà e lei bambina in posa felice.

- Quando è successo? -

le domandò Argo schiudendo le dita in modo da permettere a Mia di afferrare il portaritratti e rimetterlo a posto.

- La notte di capodanno -

rispose asciutta

- Un incidente in macchina al ritorno da una festa -

continuò poi senza che Argo glielo avesse chiesto, si era voltata piano dopo aver osservato per lunghi istanti quella foto dal sapore di ricordi felici e lo aveva guardato con una tristezza negli occhi capace di creargli uno spasmo al ventre.

- Mi avevano telefonato qualche minuto prima della mezzanotte, volevano fare insieme quell'idiozia del conto alla rovescia -

sbuffò poi in una risata miserabile, con le dita catturò i lembi estremi dell'asciugamano e senza indugio andò a coprire il capo di Argo premendo bene i palmi sulla spugna, affondandoci le dita per scarmigliare tramite essa i capelli di lui che rapito da quegli occhi tristi c'era davvero poco da fare se non starsene in balia di lei.

Tutto l'orgoglio nell'autoimporsi era stato cancellato dalle mani di Mia che bianche gli accarezzavano i capelli con la spugna e dal suo fiato caldo che infrangendosi contro la

pelle infreddolita gli irradiava le guance in
un dolce tepore.

- Ma io non potevo di certo fare una tale
figura da poppante davanti ai miei amici no?
C'erano tutti quelli del liceo a quella festa
organizzata da Antoine -

sibilò Mia con rabbia scostando mani e
spugna dal capo di Argo per stritolarne il
tessuto tra le mani

- Ignorai quella telefonata non sapendo che
sarebbe stata l'ultima che avrei potuto fare
con loro, solo per la stupida superficiale che
ero -

Abbassò lo sguardo sentendo quello di Argo
avvolgerla, avrebbe preferito le sua braccia
ma sapeva che era chiedergli troppo.

Parlare del suo passato le faceva male e
difficilmente si apriva con qualcuno che non
fosse Sarah ma con Argo era già la seconda
volta che capitava in modo spontaneo, in
qualche modo il suo cuore agiva da solo
quando nei paraggi c'era lui.

- E' successo ai tempi del liceo? Io non c'ero -

mormorò sorpreso, quasi come fosse una colpa.

- Lo so... Io ero venuta a cercarti qualche tempo dopo, volevo chiederti scusa già allora -

ammise Mia senza nessun pretesto ma semplicemente sorridendogli tenue.

Argo l'aveva osservata un po', combattuto nel non cedere a qualsiasi tipo di tentazione contrasse i muscoli del corpo irrigidendosi, stringendo i pugni.

Era sciocco farlo dato la motivazione con cui era partito, ma il suo orgoglio urlava a gran voce frasi cattive su Mia, almeno su quella liceale di tredici anni prima e sopratutto di non cadere nell'imbroglio che quegli occhi da cerbiatta celavano.

Ma non era pena ciò che provava in quel momento, ma solo un infinità tenerezza verso quella ragazza cresciuta di colpo.

Mia era troppo bella per essere infelice, pensò in un istante di follia e accantonando qualsiasi spiegazione celebrare sporse il braccio verso di lei, racchiudendo tra le dita un suo polso sottile.

- Non si può cambiare il passato, ma solo andare avanti -

mormorò guardandola serio lasciando che ella, nonostante la sorpresa che l'aveva colta nel ricevere quelle parole così piene d'amore, intrecciasse le dita con le sue, palmo a palmo.

-Il rimorso di non aver dimostrato ai miei genitori tutto l'affetto che meritavano resterà per sempre nel mio cuore... ma sono andata avanti diventando la Mia di cui sarebbero orgogliosi -

gli rispose sorridendo, mostrandogli quanta luce e serenità trasparisse da ella.

Un battito di cuore di troppo e Argo si ritrovò a fissarla, a stringerle le dita un po' più forte e sporgersi lentamente verso di lei in una intenzione da Mia non notata, scosse il capo la biondina infatti che ancora ridente borbottò simpaticamente.

- Dovresti farlo anche tu, andare avanti e non restare bloccato nel passato -

disse in un velato consiglio tutto rivolto a lui ridendo birichina, desiderava troppo che la perdonasse una volta per tutte e si rendesse conto di quale Mia avesse davanti agli occhi.

Ma "Quell'andare avanti" servì invece a farlo desistere rimembrando in lui quella motivazione iniziale che l'ho aveva spinto a cercarla la prima volta ed ad architettare poi quel folle piano avvenuto nella sauna.

Senza sciogliere l'intreccio di mano voltò lo sguardo accigliato lontano dagli occhi di mia, nonostante ci fosse ancora il contatto tattile quella sua espressione torva bastò a turbare la ragazza e a mormorare il suo nome preoccupata, ma prima che potesse chiedere altro Argo la strattonò in avanti trascinandola con se verso la porta.

- Ma dove diavolo? -

imprecò lei non tentando però di divincolarsi da lui.

- Andiamo, te l'ho detto devo andare in un posto -

spiegò semplicemente dandole solo il tempo necessario d'infilarsi le Converse e una giacca, senza darle scelta se non seguirlo...

Si strinse meglio nella giacca guardandosi intorno sorpresa e interrogativa, reclinando il capo nel registrare il cicalino che segnalava la chiusura delle portiere.

Data la pioggia battente, Mia era balzata dall'auto riparandosi sotto la tettoia del palazzo e nell'aspettare che Argo la raggiungesse, incuriosita era rimasta attratta da quell'insegna posta al di sopra del portone, un di quelle vecchie, fatte di legno e probabilmente anche a mano dato la non propria perfetta calligrafia con cui quel "Family house" era impresso sopra.

Ma ora tutta la sua attenzione era incentrata su Argo e su quel suo modo di camminare sicuro anche tra la pioggia, fino a raggiungerla e affiancarla, guardandola con cipiglio nel vederla così assorta.

Mia aveva percepito una fitta al ventre nel
mettere a fuoco il suo viso bellissimo
bagnato di pioggia con quegli occhi verdi,
brillanti di malizia e di quella malinconia che
le faceva stringere lo stomaco.

Era stata così cattiva con lui in passato, Argo
non lo meritava.

Quell'incrocio di sguardi stava durando fosse
troppo per starsene fermi e Mia avrebbe
voluto asciugargli quelle lacrime di cielo
direttamente con la bocca, baciare Argo fino
a fargli indolenzire la mascella, farsi
afferrare da quelle mani e fare l'amore
anche sotto la pioggia se necessario.

Ma si limitò ad arricciare il naso e distogliere
lo sguardo da lui.

- Che cos'è questo posto? -

domandò, ritornando a studiare con
curiosità il portone almeno finché un palmo
aperto di Argo non lo spinse celando
l'interno di un ampio salone.

Vi si proiettarono all'interno venendo accolti da schiamazzi e risate allegre e fanciullesche.

Spalancò un sorriso istintivo Mia nel mettere a fuoco l'ambiente caotico di quella che doveva essere una grande casa, nel salone regnava la confusione tipica che solo i bambini riuscivano a fare e osservando Argo con stupore lesse dai suoi occhi la risposta.

Dire che quel posto fosse un orfanotrofio a Mia sembrava sbagliato, non vi era il grigiore e la tristezza che potevano trasmettere un posto simile ma era calore di una grande famiglia ciò che percepiva nel guardarsi intorno.

I muri verniciati di un caldo arancio, tappeti di morbido verde a coprire il parquet graffiato in più punti e poltrone grandi a sufficienza da poter permettere a più bambini di sedervi contemporaneamente rendevano l'ambiente familiare sotto ogni punto di vista, quei quadri appesi alle pareti poi, che non erano altro che disegni degli "ospiti", intensificavano il concetto di famiglia.

Nel sentirsi avvolta da un'appagante sensazione, inconsciamente con le dita andò a catturare quelle di Argo, lui la lasciò fare e quello sguardo complice che si rivolsero l'istante dopo fu interrotto da un coro di voci.

- Argo sei qui! -

proruppe tra loro quella ragazzina dallo sguardo dolce e codini ramati, regalando un sorriso anche a Mia, affiancata l'istante dopo da un giovanotto ad occhio e croce della stessa età che per nulla interessato a Mia diede la sua totale attenzione a Argo

- Sei venuto come promesso! -

esordì con voce gonfia di ammirazione.

Ma fu l'apparsa di una terza figura che catturò totalmente l'attenzione di Mia, una bella ragazza dagli occhi azzurri e la dolcezza a far da padrone sul suo viso disteso in un sorriso cordiale, si frappose tra i due posando le mani sulle loro teste.

- Dante, Megan, non vorrete già assillare Argo? è appena arrivato! -
-

li rimbeccò senza nessun rimprovero nel tono di voce strizzando un occhio verso Mia a quel lamento del ragazzino.

- Maty lo sai che non è un problema -

mormorò un Argo appena imbarazzato borbottando un:

- Lei è Mia... una mia amica... -

inclinando il capo verso Mia in un cenno, dato l'impaziente interesse con cui Maty stava aspettando le presentazioni.

- Argo quel signore buono ci ha di nuovo fatto un regalo! Non ci crederai ma proprio stamattina ci hanno recapitato dei giochi per il giardino! -

esclamò con gioia Megan.

- Ci aiuterai a montarli vero?! -

domandò Dante afferrando per un braccio Argo che balzato in avanti a causa di quel gesto inaspettato, si fece trascinare dai due ragazzini, facendo in tempo a farfugliare solo un sorpreso:

- Ma ora? Sta piovendo! -

voltando poi uno sguardo perplesso e interrogativo verso le due donne ridenti.

Maty sibilò un silenzioso

- Grazie -

fatto di solo labbra rivolgendo poi lo sguardo ancora intriso d'affetto verso Mia.

- E' meraviglioso vero? -

le disse nel vederla assorta e ridente osservare Argo mentre scherzava con il resto degli ospiti della casa.

- Già -

annuì lei deglutendo e voltandosi lentamente verso di lei quando Maty assunse un espressione furba

- Intendevo ciò che fa e non ciò che è -

continuò con quel sorriso malizioso facendo arrossire Mia da un orecchio all'altro.

Incrociando le braccia al petto, inclinò
lievemente il busto verso Argo

- Sono anni che ci aiuta, e non parlo solo dei
regali, eppure è sempre voluto restare
anonimo e mostrarsi solo come Argo agli
occhi di questi bambini -

snocciolò Maty sobbalzando poi

- Oh! Ma forse Argo non ha detto nemmeno
a te che... -

sollevata l'istante dopo da Mia che ridente
aveva scrollato il capo.

- Conosco Argo Silves -

le aveva confermato Mia stringendosi nelle
spalle e non ampliando oltre il discorso.

- E' la prima volta che Argo porta qui
un'amica -

soffiò poi Maty con uno strano sorriso
sornione capace di farla arrossire tutta, per
la seconda volta in soli pochi minuti per
giunta!

- Vieni, ti va una tazza di té? -

le domandò l'istante dopo prendendola sotto braccio per portarla con sé, con Mia che ridente ne aveva apprezzato il gesto e a cuor leggero, dopo giorni di tristezza, aveva finalmente allargato sul volto un sorriso sincero.

La pioggia sembrava aver cessato il suo lamento e sollevando il naso, Argo inspirò un po' d'aria buona prima di riabbassare il mento e focalizzare la schiena di Mia intenta ad aprire la porta di casa sua.

Avevano passato il resto del pomeriggio insieme e ormai sera, Argo aveva riportato a casa Mia senza che durante il tragitto si fossero parlati o detto qualcosa.

Solo un molle silenzio anche se di momenti in cui avrebbe voluto stringersela contro e morderle la bocca c'è ne erano stati molti, ma Argo era tornato da lei solo per un motivo: Voleva parlarle, voleva capire cosa cazzo gli stava succedendo e perché diavolo continuava a pensarla in modo ossessivo.

Perché? Lui la sua soddisfazione l'aveva
avuta, giusto? E poi la odiava, era così che
doveva essere, no?

Ma era inutile perché di sera, quando
tornava in quel letto, le lenzuola se pur
lavate, non facevano altro che odorare di lei
e Argo non riusciva più a togliersela dalla
testa.

Si morse un labbro nello scrutare ogni
dettagli di lei, le gambe tornite fasciate da
un semplice leggings nero, così aderenti da
lasciare poco spazio alla fantasia, i glutei
rotondi che appena si intravedevano dato
l'orlo della felpa che arriva giusto a metà
sedere.

Visioni di lei mentre nuda si faceva montare,
o meglio ancora quando lo cavalcava con
impeto godendo e gemendo il suo nome, si
fecero spazio nel suo cervello, così
suggestive da creargli fremiti al basso ventre.

- Sai mi piacerebbe ritornare lì qualche
volta... -

esordì Mia, la voce mescolata al cigolio dei
cardini

- Se per te non è un problema -

aggiunse poi scostandosi ciocche bionde di capelli dietro l'orecchio, reclinò il capo osservando Argo e sgranando appena gli occhi nel trovarlo assorto in chissà quale pensiero e sopratutto silente.

- Argo? -

lo chiamò congiungendo le mani, massacrando le chiavi tra le dita dal nervosismo.

- Si, scusa -

farfugliò lui passandosi una mano dietro la nuca

- Be certo, fai come vuoi... -

le rispose asciutto, ferendola con quella sua apatia ma senza accorgersene dato che Mia aveva serrato la mascella e tentato di irrigidire i muscoli del viso pur di non far trapelare nessuna smorfia dispiaciuta.

- Maty mi ha lasciato il suo numero, chiamerei comunque prima per accertarmi

che tu non ci sei se trovarmi lì potrebbe
crearti un qualunque tipo di fastidio... -

sbottò comunque, vedendolo accigliarsi e
guardarla torvo.

- Credo sia una buona idea -

replicò bastardo e istintivo conficcando le
unghia nei palmi nel vederla voltarsi verso
l'uscio e borbottare qualche imprecazione.

Cazzo rovinava sempre tutto e forse in quel
momento non voleva vederla andare via ma
il suo orgoglio fu messo nuovamente a dura
prova quando Mia si fermò un istante per
stringersi nelle spalle.

- Grazie -

mormorò piano reclinando il capo per
regalargli un sorriso sincero, leggendo nei
suoi occhi tutta la gratitudine di quel gesto.

Portarla in quella casa famiglia era servito a
renderla un poco felice, a farle vivere
nuovamente il calore familiare e l'infanzia
piena di affetto ormai persa per sempre,

Argo inconsciamente l'aveva fatto per questo
e Mia se ne era accorta.

- Non l'ho fatto per farti un favore, volevo
andare già lì per assicurarmi della consegna
avvenuta -

le disse incrociando le braccia al petto
gonfio di orgoglio, ignorando il brivido che
gli percosse la schiena nel vedere Mia
voltarsi e osservarlo in tralice.

- Allora perché mi hai portato con te? -

domandò nel stringere i pugni, registrando
silenzio e frustrazione.

- Perché sei venuto qui? -

gli chiese con qualche ottava di troppo
suscitando in lui un certo nervosismo.

- Dici di odiarmi ma poi in quel letto ci siamo
amati e cazzo non puoi dirmi di no perché
Argo in quello letto ci abbiamo fatto l'amore
-

continuò sempre più inferocita sotto lo
sguardo impietrito di Argo.

- Ma mi hai cacciato via dalla tua vita e va bene, lo rispetto perché in tutta questa storia la colpa è sempre stata solo mia, ma ritorni a cercarmi, mi sconvolgi, mi... mi...-

Mia imprecò un lamento, si concesse poi un sospiro per riprendere fiato

- Mi fai impazzire... mi fai innamorare e poi mi fai soffrire, stai giocando ancora alla tua vendetta? E' questo quello che stai facendo? Continui a scommettere su di me finché non cadrò a pezzi? -

domandò spezzando involontariamente la voce data la sofferenza in cui era piombata, i pugni sempre più stretti e negli occhi l'espressione perplessa di Argo.

- Io no... non sto facendo questo! -

ammise quasi con sdegno sobbalzando a quello spasmo di lei.

- E allora che cosa vuoi da me?! -

finì nell'urlare battendo i palmi contro le cosce, trattenendo le lacrime di frustrazione a denti stretti.

Sospirò Argo strofinandosi gli occhi tra pollice e indice

- Ti devo parlare ok? -

le rispose guardandola poi

- Ti.. ti devo dire come stanno le cose -

soffiò con voce incerta.

- Vuoi entrare? -

domandò lei un po' stanca varcando poi la soglia di fronte al suo muto consenso, togliersi la giacca per abbandonarla su una sedia e voltarsi poi verso Argo nel registrare il tonfo della porta.

Lo vide lì, a qualche metro da lei, la postura rigida e una certa incertezza nel masticare parole dal gusto confuso.

- Il mio psicoanalista... -

incominciò a farfugliare agitando le mani in spasmi nervosi

- -il mio psicoanalista dice che è colpa tua se non riesco ad andare avanti, se non riesco a vedermi ciò che sono oggi e non Pigi -

le disse agitato marcando tutto lo sdegno possibile in quel nomignolo tanto che Mia ne provò vergogna, non riusciva a non sentirsi ancora sporca a causa di come l'aveva trattato anni prima e aprendo gli occhi, dopo averli serrati un istante, la perplessità si stampò sul suo volto.

- Psicoanalista? Argo che vuoi dire con l'andare avanti? -

domandò inquieta.

- Ecco lui dice che la causa del mio "non impegnarmi nelle cose" come uscire con le donne o comprare una casa siano dovuti a un blocco, tu sei la mia causa irrisolta e ciò non mi permette di affrontare tutto quello che viene nella mia nuova vita -

le spiegò calmando anche la voce percependo da Mia un quantitativo di sensazioni contrastanti.

- Non esci con le donne per colpa mia? -

domandò istintiva agitandosi appena nel vederlo avanzare verso di lei, un battito di cuore capace di farla tremare impercettibilmente.

- No, solo se capita almeno, sono sempre loro a cercarmi... l'unica che ho cercato io sei tu -

le rispose vedendo un lampo guizzare negli occhi scuri di Mia.

- Ma non fraintendere, non è una sorta di ossessione per te, almeno in questi 13 anni sei stata un ossessione ma non era desiderio... era odio -

disse subito temendo di apparire un pazzo psicotico, era conscio di essere instabile e paranoico a livelli forse un po' più alti della media ma non voleva spaventarla anche se, forse era da matti pensarlo ma negli occhi di Mia aveva intravisto una luce nel raccontarle di quel suo poco interesse verso l'altro sesso inconsciamente a causa sua, almeno prima della parola odio.

- Capisco -

rispose infatti stringendosi nelle spalle, un bruciore al petto l'aveva pervasa, come una stilettata direttamente nel cuore.

- Secondo lui l'unica cosa era affrontarti, dopo quello scherzo non l'ho mai fatto e ciò spiega la mia irrisoluzione verso di te -

- E quindi il tuo psicoanalista ti ha proposto di.. ecco fare quello che abbiamo fatto in sauna? -

domandò senza guardarlo arrossendo le guance e sobbalzando nel sentirlo urlare un:

- Cosa? no, no di certo -

con un timbro di voce gracchiato e sopracciglia aggrottate.

- Lui mi ha consigliato solo di incontrarti, mostrarti ciò che ero diventato avrebbe gonfiato il mio ego, mi avrebbe fatto dimenticare una volta per tutte quella storia ma non era una semplice chiacchierata ciò che volevo... -

le disse mozzando il respiro nel vedere
sempre in quegli occhi la luce scomparire
poco a poco

- Volevi vendetta -

aggiunse infatti Mia con dispiacere.

- E cancellarmi una volta per tutte... -

continuò poi stringendo tra le dita una
porzione di tessuto all'altezza del petto nel
capire ciò, nel capire che "l'andare avanti di
Argo" fosse dimenticarsi di lei, non
perdonarla ma cancellarla e quel pensiero
l'annientò, le spezzò il cuore perché no, lei
non voleva.

Gli occhi le si gonfiarono di lacrime tanto da
farle appannare la vista ma trattenne ogni
dolore e guardandolo le tramarono le
labbra.

- L'idea della sauna è venuta a me.. io
volevo... non lo so nemmeno più che volevo
Mia, farti stare male non mi ha reso felice
quella sera e sopratutto farmi dimenticare di
te... anzi -

aggiunse senza accorgersene creandole qualche speranza

- Non c'era nessun altro piano, sei stata tu a cercarmi il giorno dopo e io mi sono fatto coinvolgere -

Le confessò vedendola arrossire appena, come a vergognarsi nell'essere stata un po' troppo audacie con lui e senza pensare andò ancora una volta a racchiuderle il polso tra le dita, quel gesto sembrava scattare a molla ogni volta che da lei percepiva sofferenza

- E' per questo che sei venuto? Lasciarmi nel passato? -

domandò lei tremante, perché sapeva che Argo non era una cattiva persona, a renderlo un mostro era stata solo quella stupida vendetta, forse era andato fin lì solo per accertarsi che stesse bene e incominciare finalmente una nuova vita senza più il suo spettro a perseguitarlo.

Si diede della stupida idiota, si era innamorata di lui in maniera così prepotente che ora non poteva che restarne devastata e ciò che rendeva il tutto più patetico era che se ne stesse accorgendo solo ora.

Ma nel percepire da lui esitazione, un bagliore di speranza ritornò a brillarle negli occhi e sollevando il viso a pochi centimetri dal suo, lo trattenne con le unghia, conficcandole nel tessuto di pelle che gli fasciava il petto nel vederlo indietreggiare appena.

- Aspetta... Argo me lo devi dire se... -

mormorò coraggiosa mentre il cuore le batteva forte al solo pensiero che nonostante tutto potesse ricambiare quel folle amore che lei provava.

- No... io ti odio ok? -

fu la risposta di lui, più a se stesso che a una Mia sempre più esterrefatta.

- Tu mi hai ferito... e..non so cosa diavolo mi hai fatto, mi sei entrata di nuovo in testa... -

incominciò a farfugliare portandosi le dita a scarmigliarsi i capelli, sotto lo sguardo tacito di Mia, almeno finché stanca non urlò quell'imprecazione di rabbia mista a dispiacere.

- Basta Argo! Quante volte ancora dovrò scusarmi? -

- Non è mai abbastanza! Io ti amavo e tu...-

ma si bloccò quando la vide portarsi una mano a reggere la fronte, scuotendola in uno sbuffo di risata, non voleva schernirlo e Argo non s'infuriò proprio perché lo capì dallo sguardo serio di Mia l'istante dopo.

- Argo cosa amavi di me? Ero una stronza spocchiosa che nemmeno ti degnava di un saluto, era solo di un riflesso da te creato che ti eri innamorato -

E Argo digrignò i denti, perché cazzo se aveva ragione, ma ciò non toglieva quel dolore che gli aveva inflitto quel giorno e tremando la vide avanzare verso di lui, lasciò che le catturasse il volto tra i palmi caldi e poggiare la fronte sulla sua

- Non è un riflesso ciò che hai davanti oggi ma la vera Mia, hai l'occasione di farti amare davvero… perché vuoi gettare via tutto? -

gli sussurrò roca.

Argo rimase immobile giusto un istante, il profumo buono di Mia lo avvolse tutto e chinando poco il viso premette le bocca sulla sua, circondandole il busto tra le braccia forti per premersela contro, insinuando la lingua tra quelle labbra carnose e seducenti che fin dal primo istante in cui l'aveva rivista, aveva voluto baciare.

Si poteva amare e odiare insieme una persona?

Al momento Argo stava troppo bene immerso tra i suoi capelli biondi per domandarselo, sapeva che concedersi quell'attimo di pace non serviva a perdonare pienamente Mia, ma sentire la pelle calda della sua schiena sotto le sue mani che erano andate ad insinuarsi all'interno della felpa e di come ansimava nella sua bocca, questo servì ad abbandonare ogni freno e dimenticarsi di tutto ciò che lo circondava, a parte Mia.

Lei aveva scostato la bocca per premere le labbra contro la sua gola e regalargli un brivido caldo

- Argo. -

mormorò contro la sua pelle lasciandogli piccoli baci, assaporando il gusto selvatico di acqua piovana.

- Lo sò che non è abbastanza... ma non mi arrendo -

lo rassicurò passandogli le dita tra le ciocche rosse per accarezzargli la nuca

- Faremo un passo alla volta, niente di serio -

lo informò tra un bacio e l'altro sentendolo mugugnare in una poco coriacea disapprovazione, no che non volesse ma Argo al momento sentiva come se quella loro storia fosse pesata su una bilancia e l'ago andava ad oscillare da una parte all'altra.

- Un passo alla volta, con calma -

ripeté lui guardando un istante una Mia troppo bella con quelle labbra gonfie e la felicità stampata sul volto, felice per così poco, pensò prima di divorarle la bocca e afferrarla in modo che lei gli allacciasse le gambe intorno i fianchi e posarla lì, sul tavolo togliendole di dosso quel felpone che celava le sue forme piene e la sua pelle profumata di pesca mentre lei lo spogliava del giubbotto accarezzandogli a palmi pieni i pettorali ancora fasciati dalla maglietta aderente.

Mia allargò le gambe in modo da sentire l'erezione pulsante di Argo premerle contro il pube, infradiciarle gli slip mentre la baciava e le diceva qualcosa di sporco all'orecchio.

A Mia piaceva sentire quelle parole cariche di perversione, la eccitava ascoltare Argo che con voce roca la informava su quanto le era mancata sbatterla in quei giorni e reclinando il collo lasciò che le marchiasse anche quello con morsi voraci mentre con le dita le risaliva la schiena fino ad arrivare ai gancetti del reggiseno e sfilarglielo poi via.

Guaì Mia inarcando la schiena e conficcando le unghia al bordo del tavolo quando Argo le afferrò i seni, titillandole i capezzoli già turgidi con la lingua, gemendo il suo nome gli strattonò i capelli attorcigliandosi tra le dita quelle ciocche rosse fino a fargli sollevare il viso verso il suo, leggendo dai suoi occhi un potente desiderio.

L'afferrò ancora e stretti in un groviglio di braccia, baci e sospiri pesanti, insieme e sotto le direttive di un ansimante Mia, si precipitarono in camera da letto.

- A-aspetta -

gli disse lei nel fermare Argo da gettarla sul letto

- Voglio farlo lì... su quella poltrona -

sussurrò maliziosa notando le narici di Argo dilatarsi e sbuffare tra le labbra una sorta di ringhio eccitato, l'assalì ancora catturandole la bocca con la sua.

Labbra sode e umide si mossero sulle sue, non proprio con prepotenza ma fameliche e se con un braccio la sosteneva ancora, con le dita dell'altro le strattonò i leggings fino a scoprirle il sedere e farglieli togliere a lei con i piedi.

Si caracollò sulla poltrona con Mia sempre addosso, a cavalcioni su di lui ancheggiava vogliosa sfregando il sesso, coperto solo da un triangolino di stoffa bianca, contro quello di Argo ancora dolorosamente intrappolato tra boxer e jeans.

- Ho fantasticato che mi scopavi su questa poltrona -

gli spiegò perversa schioccando la lingua nelle più maliziose delle affermazioni nell'afferrargli i lembi della maglietta e levargliela via, gettandola in qualche punto remoto della stanza.

- Come vuoi tu -

approvò lui inclinando il capo di lato, avvolgendola tutta con quello sguardo affascinante, lasciando che Mia armeggiasse con la sua cintura e infilarci dentro una mano

mentre con l'altra gli circondava il volto,
catturandoglielo con un palmo pieno e
sporgersi poi verso le sue labbra, baciarle,
morderle mentre lo masturbava facendolo
gemere nella sua bocca.

Con le dita, Mia gli stimolava il membro
sempre più turgido e quando ormai entrambi
erano al limite della sopportazione si sollevò
appena con le ginocchia sfilandosi gli slip.

- Non ho il preservativo -

l'avvisò lui con la frustrazione a divorarlo e
le mani di Mia a strattonargli boxer e jeans
fino a metà coscia.

- Uso la pillola -

lo tranquillizzò lei allargando un sorriso
divertito nel vederlo quasi esultare e
assicurarla dicendole che:

- Se ti giurassi che pratico sesso sicuro quella
rara volta che mi concedo a qualcuna e che
sono sano potremmo...-

- Si -

rispose Mia, calandosi su di lui, facendosi impalare dal suo membro duro, sentendosi riempire centimetro per centimetro da quel pezzo di carne turgida fino a riempirla tutta, fino a mozzarle il fiato e gemere il suo nome.

Mia prese fiato muovendosi poi lentamente, aumentando gradualmente il ritmo e saltellando sulla virilità di Argo che in preda alla goduria le aveva posato le mani sui glutei, impastandoglieli e spronandola a continuare sempre più forte.

Un gemito gli lacerò la gola quando la sentì contrarre i muscoli, il suo membro gonfio venne stritolato tra le sue pareti, completamente inghiottito dall'antro bollente di Mia.

-Mia-

riuscì ad articolare ricevendo in risposta un flebile:

- Si -

era difficile per lei riprendere fiato con Argo che pulsava dentro di lei, colmandola.

- L'altra volta quando abbiamo fatto l'amore... non è mai stato così con nessuna altra... pensavo che dovessi saperlo -

una specie di sorriso comparì sul suo volto arrossato e deformato dal piacere

- Non è mai stato così -

affermò ancora, finalmente consapevole anche a se stesso.

Mia ansimò, sopraffatta e sbalordita da quella confessione

- Neanche per me -

ammise tremante conficcando le unghie nei muscoli della schiena di Argo nel venire nel più appagante degli orgasmi, abbandonandosi a lui.

Argo la raccolse tra le mani, sfilandosi da lei la prese in braccio raggiungendo il letto e adagiandola su di esso, spogliandosi di jeans e boxer in un solo strattone, sovrastandola la voltò mettendola a carponi in modo da premere il petto contro la sua schiena e sprofondare con facilità dentro di lei, spingendo il membro turgido contro la sua fessura dilatata e bagnata di umori.

Il desiderio divampò in lui e ringhiando di voglia iniziò a spingere velocemente.

La sensazione dei fianchi di lei su e giù, le forti controspinte, gli ansiti e l'implacabile voglia di raggiungere l'estasi insieme a lei, Mia mugolava di piacere nel sentire nuovamente l'eccitazione scorrere nel suo ventre.

Le baciava il collo mentre furioso si spingeva in lei, avvolgendola tra le braccia per tenersela stretta, colpendola con il suo fallo ormai prossimo all'orgasmo, lo schiocco di carne contro carne sovrastò il battito di cuore che gli pulsava nelle orecchie e avvertendo i muscoli del sesso di Mia contrarsi e stritolargli il membro conseguito poi da quel suo urlo acuto a causa del piacere appena avvertito.

Argo raggiunse l'orgasmo in un ultima spinta selvaggia, sentendo l'estasi scorrere in modo così brutale e sconvolgente da rimanere pietrificato in una travolgente overdose di piacere mentre finiva di svuotarsi dentro di lei, invadendole di sperma caldo il ventre.

Si sfilò piano, baciandola tra le scapole, accasciandosi accanto a lei e mimando con le labbra una sorriso nel sentirla ridacchiare appagata.

Mia rotolò verso di lui, circondandogli il corpo con braccia e gambe

- Questa volta mi abbracci -

mormorò senza accettare risposte contrarie.

E Argo si accoccolò meglio a lei annuendo appena, era sereno e ad occhi chiusi si fece cullare dal suo respiro ancora un po' troppo accelerato sprofondando insieme nel sonno...

Il rumore di pioggia contro le finestre ridestò Mia.

Batté le palpebre un paio di volte prima di sollevare il viso e indirizzarlo verso quelle, accorgendosi dalla fioca luce azzurrina che riempiva la stanza che fosse decisamente presto per svegliarsi, oltre che stesse piovendo nuovamente.

Si tirò su piano tentando di scostare il braccio di Argo che prepotentemente la teneva ancorata contro il suo fianco e, sorridendo a quel suo grugnito nel sonno, a malincuore si staccò dal suo corpo per sollevarsi dal letto.

Ma sarebbe stato solo un momento, giusto il tempo di risolvere quell'impellente bisogno di fare pipì e poi sarebbe tornata tra le sua braccia.

Infilandosi un baby-doll pescato in un cassetto nella penombra della stanza, si rifugiò in bagno ma il soggiorno durò più del dovuto data la miriade di pensieri che le affollarono la testa e seduta sulla tazza con le ginocchia a sfregare tra loro e i piedi a picchiettare sul pavimento, Mia si chiedeva nervosa cosa dovesse aspettarsi dopo quella nottata.

Argo non l'aveva ancora pienamente perdonata, ricordò come un fastidioso pungolare direttamente sul cuore.

Scacciando ogni pensiero lasciò la tazza/ confessionale avanzando frettolosa verso la stanza da letto ma rimanendo bloccata sulla soglia nel scoprire che anche Argo si era svegliato.

Era sdraiato sul letto, sorretto su con la schiena dai cuscini, meravigliosamente spettinato e con il lenzuolo legato attorno ai fianchi, sul volto un' espressione che faceva presagire a pensieri profondi tuttavia a Mia sembrò sospettoso quello sguardo.

- E' stato incredibile - affermò Argo dopo istanti di silenzio vendendola accendersi di una luce così bella da tentarlo a ripeterle ancora quelle parole.

- E' stato fantastico -

ripeté Mia ciondolando sui talloni.

Argo se ne stette ancora un po' lì ad osservarla, si sollevò poi passandosi una mano dietro la nuca nel mettere a fuoco tra il semi buio i suoi vestiti sparpagliati tra la stanza, nel risvegliarsi una frotta di pensieri lo aveva avvolto facendolo cadere nell'oblio della confusione.

Cosa poteva dire dopo aver rifatto l'amore con lei? Era stato diverso dalla prima volta in un certo senso...

era stato vissuto in maniera diversa senza quella stupida scusa di una sfida.

Quell'esperienza era stata rivelatrice, scioccante... che anche lui provasse ...?

- Stai bene? -

mormorò Mia dopo un po' con tono preoccupato, distogliendolo dal suo pensiero rivelatore.

- Si, solo che... -

soffiò piano, avvicinandosi a lei nell'intercettare quel suo sguardo intriso di timore

- Non è una storia occasionale ciò che vuoi vero? -

le domandò a bruciapelo, sollevandole il mento con le dita nel volere incrociare gli sguardi, ricevendo solo un leggero annuire.

- Mia non sto giocando, non voglio punirti... solo che non so se sono pronto a fare qualcosa di serio con te -

ammise sincero, sulla fronte una ruga di frustrazione e il petto appena gonfio di agitazione.

La vide incupirsi appena e scostando le dita sospirò impercettibilmente

- Vuoi che me ne vada? -

le domandò con voce sommessa.

- No -

scrollò le spalle Mia, sapeva che il problema non era lei, ma solo quell'insicurezza di Argo a volerla allontanare

- Voglio che mi levi questo baby-doll e vieni sotto il piumone con me -

gli disse sicura e maliziosa

-Almeno per un altro paio d'ore -

aggiunse poi tentando di non apparire troppo supplichevole.

Ma Argo sembrò pensarci su

- Fino a domani mattina -

le concesse contro ogni aspettativa di Mia. -Sei sicuro?-

sobbalzò incredula

- Certo, perché ne sei sorpresa? -

domandò accigliato.

Mia esitò un istante, sporgendo poi il braccio verso il suo glielo accarezzò piano

- E perché non tutto il week-end? -

domandò furba mentre nel petto una sensazione di benessere gli scaldava il cuore.

Mise a fuoco i suoi occhi verdi così belli e pieni di voglia di stare bene che istintiva gli prese la mano.

- C'è la faremo Argo -

lo rassicurò dolce sollevandosi sulle punte
per sfiorargli le labbra.

- Mia io sono un casino ... alla prima litigata
ti rinfaccerei tutto e non sono una persona
stabile -

l'avviso dopo, accennando comunque un
sorriso nel vederla raggiante.

Ma lei ormai ne era sicura, era così che si
sarebbe fatta perdonare, facendogli vivere
momenti felici anche se all'inizio le sarebbe
costato dolore e fatica

- Ce la faremo -

gli ripeté schiudendo la labbra morbide e
intrecciando le dita con le sue in una morsa
stretta

- Scommettiamo? -